君特·格拉斯
文集

Günter Grass
Werke

雕像人

——圣女传奇

Figurenstehen

Eine Legende

〔德〕君特·格拉斯 著

黄明嘉 译

人民文学出版社
PEOPLE'S LITERATURE PUBLISHING HOUSE

图书在版编目(CIP)数据

雕像人：圣女传奇 /（德）君特·格拉斯著；黄明嘉译. -- 北京：人民文学出版社, 2025. --（君特·格拉斯文集）. -- ISBN 978-7-02-019371-4

Ⅰ. I516.15

中国国家版本馆 CIP 数据核字第 202519T2K5 号

责任编辑 欧阳韬
装帧设计 刘 远
责任印制 张 娜

出版发行 人民文学出版社
社 址 北京市朝内大街 166 号
邮政编码 100705

印 刷 三河市中晟雅豪印务有限公司
经 销 全国新华书店等

字 数 85 千字
开 本 880 毫米×1230 毫米 1/32
印 张 4.5 插页 1
印 数 1—4000
版 次 2025 年 8 月北京第 1 版
印 次 2025 年 8 月第 1 次印刷

书 号 978-7-02-019371-4
定 价 69.00 元

目　录

译　序

《雕像人——圣女传奇》是德国作家、1999 年诺奖得主君特·格拉斯(Günter Grass,1927—2015)的一部遗稿,是他在丹麦默恩岛上租赁多年的度假屋“守护者之家(Vogterhus)”完成的,2003 年 8 月 5 日写出第一个手写稿,后经多次润色。他去世七年后,2022 年 2 月才正式出版。

格拉斯的社会和历史责任感极强,喜欢在作品里反映重大的历史事件。1989 年 11 月 9 日,东德通过和平革命推倒柏林墙,从而也推倒了两德之间的界桩,两德重新统一了。统一后的情况如何?几乎人人都预计行将发生重大变化。

与本书“雕像人”主题相关,当时许多青年人站在庄严肃穆的教堂前扮雕像模特,扮作圣徒、托钵僧、异教徒或异端裁判所的审判官,一动不动,呆若木鸡,接受善男信女和观光客的施舍。格拉斯针对这一现象说:“它反映出人们普遍心神不安这一基本情绪,更有甚者,它与此处科学论证的、彼处纯粹来自预感的知识和感觉相契合,即知晓或预感世界末日的来临。”两德统一几乎等于西德在经济上把东德全部买下来，人们势必被各种加速和危机弄得心烦意乱。国家诸事猬集，跌宕起伏，如此，岁月岂能静好？

作者将本书主人公乌塔及其男友阿里置于两德统一前后的历史、文化和政治大背景中，记述他俩分别从东德和哈萨克斯坦逃亡西德后的经历和所思所想，也间接反映作者的危机意识和改革意识。

如果说女主人公（本名尤塔，从小就被同学称为乌塔）在东德瑙姆堡被雕塑工匠大师相中，作为瑙姆堡教堂创办人之一的边疆总督的夫人乌塔的雕像模特——乌塔对丈夫的穷兵黩武、侵略成性恨之入骨——这还不是她的自主选择，那么，她在西德选择进入这个或那个角色，就全由她自己的心情和需要而定了：她今天是接济鳏寡孤独者的侯爵夫人伊丽莎白，明天是深深思念在世间闯荡的儿子帕西法尔的赫泽莱德①，后天是伫立于弗莱堡大教堂前手执箴言册的天使，反正，供她模拟的人物多的是。这种自主选择，我们可以将其理解为乌塔在寻找本性中的自我；同时，读者在她那刻板、冷漠、孤独和失落的外表后面，窥见她并未卑躬屈膝忍受世间的不公、荒谬和丑恶，而是傲然而执拗地对其加以蔑视，彰显其内心生命元素的无形力量，令人肃然起敬。

她把自己对时代的看法都闷在心里，在东德时，只由作者转述她的见解："十三世纪的恐怖在她看来什么都不是。与当今的野蛮相

---

① 帕西法尔是德国伟大作曲家、剧作家、诗人理查德·瓦格纳（Richard Wagner，1813—1883）的名剧《帕西法尔》的主人公，其母赫泽莱德思念和寻找在世间闯荡的儿子帕西法尔，他是忠厚勇敢的骑士，后被拥戴为圣杯骑士之王。——本书注释皆为译注。

比，她认为往昔的痛苦已消失净尽，抑或与现实的痛苦混杂在一起了。”她没有讲述自己在西德的际遇，读者只从她缺牙、脸部皱纹以及饮食简单猜度她的“辛酸”。当年柏林墙倒后，她穿越匈牙利千里迢迢逃来西德，肯定是心怀美好希冀的，可后来的情况并未如她所愿。这，从她对作者讲述她男友阿里的话中即可明白。

阿里本名赫伯特，从父亲方面说，他是俄籍德国人；从母亲方面说又是半个哈萨克斯坦人。他决定随母做个穆斯林，取名阿里，但他被哈萨克斯坦人当成德国佬而横遭谩骂；随父来联邦德国后又被当作俄国佬诅咒，他哪里还有什么人格尊严！他于是学阿拉伯文，涉足政治，在一次政治冲突中腿部受伤，从此不良于行，微跛。乌塔面对作者评价阿里：“阿里这个人嘛，你得知道他对政治相当热衷，我呢，兴趣要淡一些。他以后没准儿会变得十足狂热，但这正是我喜欢他的地方。”“他原本要回哈萨克斯坦。这个故事真说来话长。无论如何，他回我就跟他一起回呗。”三言两语就道出她心底蕴藏的秘密：“梁园虽好，终非吾土。”她四处漂泊，失去家乡，无所归依。至于她跟阿里合谋制造法兰克福交易所大门前的爆炸案，那是他们对这个人性异化、环境异化的社会彻底失望而实施的极端报复行为。

美国意象派诗人庞德（Ezra Pound，1885—1972）在《莫伯利》一诗中说：

> 这个时代需要一个形象
>
> 来表现它加速变化的怪相。

乌塔身处社会底层，几乎不与任何人交流，遗世独立，不裁量人物，不指陈时弊，外表平静如水，内心则暗流涌动，她从未失去自我。作者用这个形象来表现社会的怪象，可谓以小见大、以少胜多了。

最令人感动的，还是作者对乌塔的思念和眷顾。他俩年龄差距甚大，社会地位如隔霄壤，但自从作者在东德瑙姆堡宴请工匠大师和十二位雕像模特后，他就对乌塔惦念不已，“我的乌塔”就成了他亲昵的口头禅，成了他心心念念的牵挂。他在许多城市的教堂前，在旅途，在火车站站台，都会不由自主地四处张望，希望见到乌塔的倩影，但结果总是“我找不到你”。一次，作者去西德广播电台录音，路过科隆大教堂，终于发现“石化人”乌塔了！他高兴万分，上前让她回忆他做东宴请她的情形，还想邀请她去喝杯可乐，但她就是不搭理；待到他录音完毕再回教堂广场，乌塔已踪迹渺然，“缘悭一面”，可叹！另一次作者去意大利参加学术会议，发现乌塔伫立于米兰大教堂正面墙前，也因其男友在侧，她便随之消失在人流中。但作者的思念未减，开完会没直接返航，而在米兰停留，又回到大教堂前寻找乌塔，惜未果，二人再次失之交臂，作者怅然：“她不在，我心忧”，“我感觉失去了一位恋人，而自己也被抛弃，孤苦无告”。至情至性若此，能不令人动容！

之后，作者在法兰克福博览会期间，总算在该市银行区与乌塔不期而遇了！此时乌塔已彻底自由，于是两人终得聚晤，进餐，叙谈，甚欢洽。得知乌塔可能会随阿里回哈萨克斯坦草原，“她而今安在？有时我想象，她在辽阔无垠的远方，裹着一条粗羊毛毯，呆立着，目光空洞……”语气哀婉，情思绵绵，“望彼美女兮安得，感余心之未宁”①。

作者对乌塔一往情深，体现他对下层民众的深切同情，从心理层面分析，看出作者与乌塔的心灵深处是高度契合共鸣的。民谚：“人亲骨头香。”说得很到位。

本书与格拉斯的一些小说一样，也带有自传性质，其艺术手法不用描写法，而用表现法，即不像现实主义文学那样忠实地描写客观事物，而是带有很大主观性表现自己的思想情感，比如书中对乌塔男友的“恶”，作者采用主观猜测等写法。如果他真的是那么穷凶极恶，那乌塔怎么还有喜欢他的一面呢？怎么还会死心塌地要跟他回哈萨克斯坦呢？那他对乌塔岂不是百分百地“有欲无情”了吗？总之，读者可以对书中某些看似矛盾的地方作模糊或有弹性的解读。

格拉斯一些短篇散文的中译被结集于本书后半部一同出版，它们俨如一本小“相册”，反映社会种种光怪陆离的截面。表现手法也很“现代”，象征主义、意象主义、表现主义、魔幻现实主义等在书中都有或隐或显的呈现。这些散文不外乎是反映人类四个基本关系——人与社会、人与自然、人与人、人与自我——产生的脱节、扭曲和异化。

“二战”后荒诞派有人把人比作鸡（《未来在鸡蛋里》），格拉斯

① 传为汉武帝刘彻思怀李夫人所作《落叶哀蝉曲》中诗句。见于东晋王嘉著《拾遗记》。

也写出短篇《在蛋中》《五鸟》《列土尼希先生》，将人性"物化"和"动物化"。西方的人性论已到可悲境地。

《砌入墙内》写一位著名斗牛士因腰伤不能再从事此业，遂把五岁公牛砌入墙内，某日，他的前未婚妻身着一件番茄红布料裙来了，他情急中连忙叫她脱掉裙子，讵料五岁公牛突然破墙而出，令人毛骨悚然……

《在隧道中》说的是车厢内一位先生很想同对面的小姐搭讪攀谈，但他搜索枯肠硬是找不到话茬儿，揭示一幅冷漠、人与人无法沟通的可怕图景。

《苏珊娜》讲女主人公在宾馆花园里一根接一根地点燃火柴，反复点燃六十九回，表现对一九六八年学运失败的幻灭感。令人回味的是，作者将六根完好的火柴"抢救"回宾馆房，置于大理石贴面的五斗橱上研成火药……

《警方无线电广播》说的是一位世界闻名的文物修复专家教授有个怪癖，喜欢在工作时收听警方无线电广播，哪里失火就立马带上他喜欢的那名女学生去火灾现场，因为他心仪画家透纳①绘制的大火灾图景。谁能料到他在自己家里殒命火海呢，他在睡梦中听到警方广播……

《女性设计》《鳗鱼与鼠尾草》说的是人对大自然的破坏，表达作者对生态环境日益恶化的忧虑。

---

① 透纳(1775—1851)，英国画家，曾目睹1834年英国议会大厦大火，以之为题材作画。

其余未提及的篇什虽属日常小事，但相信读者也会对作者的幽默击节赞赏，会心莞尔。

黄明嘉

2024年8月酷暑

于上海倚梅书屋

雕 像 人

——圣女传奇

Figurenstehen
Ulvshale
am 5. August 2003

而今，所余者只有博物馆里那些水泥硬块了；当柏林墙还习以为常地挺立在那里，两个超级大国在大墙两侧的阴影里相互继续狂吠——尽管只用半大的嗓门儿，这时，一封邀请函通过邮寄摆到我的写字台上了。初始，我觉得接受这邀请的意义不大。容颜苍老的都市名叫马格德堡、萨勒河畔哈勒、耶拿和埃尔富特，它们许诺给我一次拖延了数年的旅行机会，劝我耐心等待，各种手续正在申办中。在等待过境进入那个孤傲而闭塞的工农国家期间，我开始犹疑不决，在我的中世纪回忆录中翻检，设想着不固定的同桌就餐宾客，胡椒味浓烈的肉菜，甜如蜂蜜的小米粥，荞麦粥里添加的各种腌制品。在司空见惯的拖延——入境两次遭拒签——之后，盖上公章的证件终于来了，旅途各站点也确定了，还提供参访奎德林堡、瑙姆堡的机会，尽管时间短暂。这两个地方的历史掩埋在我青年时代的教科书里。

我经常宴请一些已成历史的人物。有一次我同一名刽子手及其顾客入席吃家畜下水，也曾经同骑士团首领们坐在长条餐桌边进膳。

多罗特娅·封·蒙陶[1]端上烤制的舍尼施鲱鱼,一道星期五食用的菜肴。吃过鲱鱼,有点奇特的多罗特娅女士给我们朗诵起中部高地德语诗,自诩对文学很在行的我们也受到中世纪宫廷抒情诗人维茨拉夫·封·吕根[2]的影响了,但仍有吹毛求疵的习性。舍尼施鲱鱼给小说的一章冠上了标题。

马格德堡是我们的第一站。路德教派的一位牧师,名叫奇谢,其子拒绝到人民军中服役,所以不得不去当建筑工人,以代替服兵役。奇谢同宗教和世俗办事机构保持书面和口头联系,他的耐心请求终于有了结果:我们被批准进入德意志民主共和国旅游,我还被允许在教堂和教区公用房当众朗读我最新出版的、论述鼠与人的小说选段呢。我在那边总是喜欢大声朗读,不得已时就去音响效果极佳、庄严肃穆的厅堂。我执拗地说服自己,相信中世纪比罗马帝国离我们更遥远。在哈尔茨山东边,比如在奎德林堡比在早期基督教维亚河附近的卡塔科姆贝会有更多的发现。我们在亟待修缮的教士住宅里过夜,吃饭时必做短时的餐前祷告。地板嘎嘎作响。墙基长满菌类植物。教士夫人立场坚定。

我们旅行期间,国家的监视是很有节制的,即便在哈勒,人们离开人满为患的教区大厅后又自发地去到附近拥有扩音设备的天主教堂,那里也座无虚席。对这超计划的"节外生枝"环节,国家也听之

① 多罗特娅·封·蒙陶(1347—1394),德国神秘主义者,普鲁士和德意志骑士团的守护圣徒。

② 维茨拉夫·封·吕根(约1265—1325)的诗歌语言混合了中部高地德语和中部低地德语。

任之。我一页一页地读着，讲存活下来的老鼠是如何练习直立行走的。每次朗读耗时整一小时。然后是一个紧挨一个坐在教堂板凳上的听众提问，他们初始有些拘束，后来就放开了：“会留在这边吗？会申请出境吗？”——我说道：“那边也只是那边罢了。”但提问者也即将面临这种经历。

从一个世纪到下一个世纪，只不过是近在咫尺的一小段距离罢了。在埃尔福特，曾是奥古斯丁教团僧侣的马丁·路德学会了怀疑，我则在此城年久失修的建筑物包围中朗读自己的作品。一帮有东边那个国家特征的朋克“小混混”起先想捣乱，干扰朗读，但等我讲到老鼠故事时，他们就来兴致了。有传言说，心怀叵测的犹太人把鼠疫引到国内，这帮无知的年轻人现在已放弃鞭笞派①立场了。时下，这个国家及其机构似已疲惫不堪。那位耶拿牧师与妻儿共养一匹马，此马就像在童话中那样从厩门向外张望着。对持异议者的迫害历来层出不穷。战争可确定日期，也可注销日期。据说，图林根曾有从波希米亚逃亡来的瓦尔登泽派②信徒。在耶拿和奥尔施泰特的古战场附近，那幢教士住宅在蔓草荒烟中摇摇欲坠了。一块指路牌在指示方向。到处可见中世纪早期至晚期破烂的哥特式建筑。不管当今如何坚定地假装政治秩序井然，它将势必沦为历史的边缘物。

我现在该宴请谁呢？马格德堡——我在此城大教堂聚会厅朗读作品——给我提供的首位客人：蒂利，此君系罗马教皇党的皇家将

---

① 中古时期一类宗教信徒，主张用皮鞭自笞而忏悔。

② 彼得·瓦尔登泽(Peter Waldense,1140—1217)1176年创建的教派。

军，曾放任部下公开抢劫这座沦陷在漫天大火中的城市，此事似乎还近在眼前，他却接受了邀请，但心情颇抑郁。我给他端上一道菜，用搅拌的猪血和腰花碎末烹制而成，甜中带酸，就名曰“黑酸菜”吧。

然后，我们在各种日程安排中抽出一天时间小憩。身边到处是三十年战争①残留的大屠杀遗痕。是否要等到回程途中顺便参访一下埃尔富特，这对我们才有吸引力呢？不，无论魏玛或布痕瓦尔德——这个永远与魏玛毗邻、得到精心保护的地方——都不能引起我们的兴趣。那，去哪里呢？我们的旅游目的地已经很明确：“让我们去瑙姆堡吧，说不定那里的大教堂开放……”

临近八十年代末。是暮春时节吗？不，是秋季。我看见或想看见我们前院里苹果树压弯枝头的累累硕果。但我们望见眼前的瑙姆堡，它灰不溜秋，蜷伏在大教堂脚下，烟囱吐出的浓烟慢慢地在空中消散。这座冷僻的城市散发着褐煤烟味，堪称落后。酸味多于苦味。无雨，它远离萨勒河谷。只能猜测温施特鲁河在何处注入谷地。正如这个工农国家许多地方一样，此城老旧建筑犹如电影中的慢动作在慢性倾毁；如果在此安家，家必崩溃无疑。旁边的一些地块是新时期修建的板材建筑物。我们也看不出有什么特别的东西。因为午休，大教堂关闭。在紧邻一个似公园设施的场地，有一家出售小香肠和饮料的小店营业。我妻子买了一根东部烤香肠。很多年以前，当贯穿柏林的大墙修建完工了，她就逃离了她的国家，当她用西德马克

① 由德国各宗教派别、德意志皇帝与德意志各诸侯之间的矛盾和冲突引发的战争，此战持续三十年之久（1618—1648）。

算账，付钱，或在购买廉价商品时认为节约了多少，她都说着西边的货币。但对东边的香肠，她却称赞有加：“还是以前的味儿。”我呢，总算找到理由不得不说：“反正不是咖喱味儿。”

我们不同任何人交谈，也没有谁搭理我们，我们那部瑞典产的汽车中规中矩地停泊着。无论何处都找不到一条板凳坐坐。我们希望不要引人注目。时光在这里流逝还真有点特别哩。向前被封堵，逆行、倒转则被允许。我从青年时代起，就巴望走下楼梯，隐身在迥异的时段中。家乡逼仄的两居室、后来在军营和临时木板房里的生活、孩子们的吵闹以及各种嘈杂声都不能阻挡我逃离当今的时日。这样，我就很快置身在不同的社交群中。我发出邀请，他们也应邀前来。在纸上，很多事情皆有可能。

大教堂开放时，我们只能在一名导游陪同下参观。根据参观环节，首先下去看罗马风格的存放棺柩的教堂地下室，接着参观东圣坛，然后向我们介绍晚期罗马风格设有座位的教堂中堂之建筑细节。然而我能记住的只有对西圣坛连同讲经台大声着重的讲解。一位身着夹克衫连衣裙的妙龄女郎向我们和另外三对夫妻做介绍。我们听出她的标准德语里夹带少许图林根口音。她扬扬得意，用复数口吻道：“我们在此见到早期哥特建筑艺术的一个明证……”——“在我们研究了讲经台两边的浮雕后，现在就来面对十二位大教堂创办者的雕像……”——“我们现在看到的是一对大众最为熟知的夫妻……”我们——团队里看似只有着西部服装的两人——听从她的指导。

我一旦回想，那个时刻便浮现在眼前，彼时我们迈步穿过西讲经台大门来到教堂东边供祭司和唱诗班用的圣坛，这些雕像按照画册的描述，应如真人一样大小，但眼见的却身材矮小，我们立马就失望起来，此刻瞅见他们真实地、高高地伫立在托架上，上方是石质华盖。这就是雕像真迹。他们各自流露出特有的表情。此前，康拉德和格帕、赫尔曼和微笑的蕾格琳狄丝、冥思苦想者蒂莫和易怒暴躁的西佐、格尔堡和威廉，尤其是立于以厌烦著称的乌塔旁侧的边疆总督埃克哈德，他们的石像照片已铭刻在我们心版。但，我们信以为真的照片骗我们一直骗到现在。围绕在讲解员身边的三对伉俪，其中一对也对我们这样说："他们比我们想象的要矮小得多……"

我们不得不勉强接受所讲解的身高尺码，尤其对附着在石像上残存的油彩，那些给雕像造成错觉的不均匀油彩，不得不聊以自解。试图去想象教堂创办者雕像原本是多么五彩斑斓，这纯是徒劳。就是说，我们必须费劲地把每尊立像原作以其现今状态加以观赏。措辞明晰的讲解既没有顾及褪去的颜色，也没有考虑那些造成错觉的照片，它们是在用光考究、精心选择视角的情况下拍摄出来的。西圣坛里讲解的声音赋予每个字眼以不容更改的意义："正如我们所见，这些单个或成双安排的教堂创办者雕像从1250年起就立于此间了，唯独被称为康拉德的雕像在1532年一场人为纵火的无妄之灾中——圣坛里的全部座椅被付之一炬——从托架上倾倒下来。后来对部分残体做了并不十分完备的修补才重新竖立起来。我们见到那位一直匿名的工匠在手工作坊里创造出来的这些劳动成果，为早期哥特风格，即使雕像身上那些被称为现实主义的服装褶皱与那个时代矫揉造作的布料皱纹大相径庭……”

讲解员讲述的文本是那么令人信服，好像她是首次讲述似的。我们被她带领沿圣坛左侧而行。她用一种稍带强制性并有明显教训意味的口吻告诫说，不要脱离队伍，也不要只在这一对著名、堪称楷模、被无数评论点赞的伉俪塑像身边驻足。我们站在未被立为君王的格尔堡和一度倾倒的康拉德雕像前。在我们仰视赫尔曼和用冠状头饰打扮的蕾格琳狄丝之际，我听见队里有一对夫妻耳语：“你瞧，她微笑的样子跟你妹妹爱尔维拉一模一样，有点儿挖苦意味。”——“是啊，像我们的爱尔维拉，真像。”

我们的女导游并未把这悄悄话当成耳边风，这是可能的。且听她往下说：“人说我们教堂创建者雕像表情自然，栩栩如生。我们同意这种说法，即使这种所谓的真实只是我们的主观感觉，并不是衡量艺术的标准。正确的说法是，所有雕像的塑造都富于个性化，所以才对我们产生直接的影响。我们感觉他们是与我们一样的人，但他们属于上层统治阶级，他们仿佛明确地在显示这种意识。马上就看到的边疆总督埃克哈德二世及其妻子乌塔更是如此，即意识到自己是那个时代的强权人物。与埃克哈德相关之事：此人好战，一直从国家利益出发，用铁腕手段震慑臣仆，镇压萨勒河以东的斯拉夫民族各邻国。据说他还谋杀了一位国君。像我们瑙姆堡工匠一样的伟大艺术家们——正如我们在这里所见——达到了这一目的：对阶级矛盾即使不彰显，也让它隐约透露出来。”

我们总算站到埃克哈德和乌塔面前了。女导游暗示性地莞尔一笑，好像对我们的不耐烦表示谅解似的。乌塔总是习惯于站在他左边，用右边高高竖起的大衣领子遮住自己半边脸。由于她的眼神流露拒斥感，所以人们就把遮掩脸部的大衣领子相应地视为她对丈夫的态度了。是的，我听见小队里有人耳语："她对老头儿好像怒火中烧，这看得出来……"

事实是，在西圣坛对教堂创建者雕像的解说中已加进许多常常相悖的东西：浪漫，对幸福的期盼，以及纳粹时期关于种族的许多荒唐说法。人们各按自己的观察方式，说蕾格琳狄丝在微笑的有之，在会心莞尔的有之，在冷笑的有之，说她是波兰公主，从她典型的斯拉夫人面部特征即可看出，她冷笑时就像一个清洁女工，而乌塔乃地道北欧人……诸如此类，不一而足。所以，我们对创建者的出身和私人背景几乎一无所知，猜想多多，议论纷纷，莫衷一是。对乌塔与威廉·封·康姆堡之间的暧昧关系，谣传也是没完没了，后者是忠诚的格尔堡的丈夫。可以确定的只是，乌塔出身于阿斯卡尼亚①王室，她与边疆总督一直无子嗣。

然后我们也听见如此讲解："对大教堂创建者们的社会及社交背景，我们几乎不了解，说瑙姆堡工匠大师很熟悉他那个时代法国大教堂建筑，比如对'一战'中在兰斯②被野蛮摧毁的雕像很熟悉，这也只是猜测罢了。我们可不要自我沉醉和迷失在名人逸事中，哪怕有些东西听起来很迷人。让我们不受任何影响吧，更多注重欣赏石像的美和强大的表现力吧。"

---

① 俄罗斯地名。

② 法国地名。

我们曾乐于接受石雕的影响，或者说乐见其对我们发挥作用。我妻子在参观过程中一直默然无语，她名叫乌特，出生于正值人们对瑙姆堡的乌塔和对班贝克的那位骑士的崇拜臻达巅峰之时。三十年代中期，许多女孩受洗都取名乌塔或者乌特。当然啦，我在面对那个大衣领高高竖起的女子时，并没有想到将乌塔同乌特作比较，她们禀性各异。然而我们以前在做巡回朗读时顺道去了瑙姆堡，彼时一种推想，一种后果严重的推想，占据了我的心灵。

我对自己强调，我要把她们全都邀请过来，仿佛必须要兑现一个诺言似的。我在请柬上写："值此本人参访瑙姆堡教堂周年纪念日，柏林大墙犹在之际……"可是，请柬寄往何处？我打算邀请谁呢？难道要邀请那些几乎湮没无闻的历史人物吗？邀请那个埃克哈德二世吗？那个在十一世纪贵为边疆总督，同索布人、波兰军团和某些阿斯卡尼亚人四处征战的人？或者，我的请柬应邀请当过瑙姆堡工匠大师模特的人？这位工匠在其工作室一定是根据从邻居中挑选出来的模特进行创作的，模特要么打扮得神采奕奕，要么扮成苦苦思索状。大教堂创建者不论是谁，仅仅提供了姓名。但是像蕾格琳狄丝这类爱笑的人，抑或像名叫蒂莫的愁眉苦脸者，这些人肯定能从瑙姆堡的里巷、酒店中找到原型。准确的时间是何时？大约是十三世纪中期，在确保无误的年份 1250 年的前两三年，彼时斯陶芬王朝开始分崩离析，亦即在弗里德里希二世被亚浦利亚①疟疾，一说被罗马教

① 意大利东南部地名。

皇的毒药，夺走生命的前夕。旋即开始一个没有皇帝的恐怖时代。可是人们从遥远的巴勒莫①事件中察觉到了瑙姆堡行将出现某种情况吗？对历史时代转折点的预感引发了这位瑙姆堡工匠大师和助力他创作的模特们的思考吗？

在一个星期日中午时分，我向他们十二人全都发了邀请。用字条做请柬可以干很多事呢。但并不是每个人都应邀前来。我在工作室前面的露天空地上、在尚未塑造成形的石块中间摆了餐桌：碗、碟、酒杯、勺、刀和两齿叉，两齿叉这个东西匆忙地走在时代前面了。一位肉铺师傅的年轻妻子——后来被当成蕾格琳狄丝的雕像模特——因为两齿叉笑得要死，但接着她第一个用这个东西叉起带皮熟土豆。我上的菜是凝乳土豆，这又再次超越时代了。唯有瑙姆堡一位金匠的女儿——工匠大师将其当成很晚很晚才名闻遐迩的乌塔的模特——一声不吭，似乎对每一小块食物都讨厌得要死，不想吃的东西就用长长的手指捏着。坐在她旁边的那位锻工，与身材颀长、用含贝壳化石石料雕成的边疆总督埃克哈德很相像，他撺掇身边的妞吃东西，但也白费劲。“吃呀，蠢丫头，味道好得很呢，这个 Tartuffeln② 或应叫它 Erdäpfel③？”我说煎香肠是地道的图林根土产，她也不吃。而大教堂创办人迪特马和蒂莫的模特——两位来自郊区的制革工人——老是斗嘴，一面又狼吞虎咽，如此，烤架上的香肠就捉襟见肘

① 意大利地名。

② 方言，指 Kartoffl，土豆。

③ 直译“土中苹果”，指土豆。

am 13.10.2001
- Eine Legende -

啦。幸好我还有存货，十二条装的两袋小鱼，这个东西，挑食的乌塔吃得倒是津津有味儿。

被瑙姆堡工匠大师请来做威廉·康姆堡和格尔堡的布料商及其妻子不吭声，自顾自地吃着，初始只用勺子，继而使刀叉，他俩细嚼慢咽，好悠闲啊。最后上了一道樱桃冷汤，是用酸樱桃烹制的，我还在汤里加进面粉小丸子呢。桂皮和柠檬皮生出特别的滋味儿。他们每个人，甚至后来做乌塔模特的女子——她的嘴上唇薄下唇厚——全都要喝这个汤，把自己碗里的吃了个精光，最后还吧嗒吧嗒地舔勺子，连尤其注重市民教养和礼仪的格尔堡也不例外。

我设法同瑙姆堡工匠搭搭腔，这个汉子的身板儿不妨说有些瘦弱，让人几乎不信他能干石雕这个重活。那些从附近采掘来的含贝壳化石的石料，质量不稳定，他对此没少抱怨。“沙石，”他道，“比如那些从美因河畔采掘来的，我倒是更喜欢用，也不光因为这石料颜色发红。咳，说到底，所有的雕像放在一起，总归要有一点色彩衬托衬托，才能让单一的灰色鲜活起来呀。”他顿了顿，又说：“本来，我是不喜欢颜料的。”——“石头，它必须呼吸啊。”

我想知道，从主教方面说会不会有些为难，因为所有教堂创建人的模特全都是世俗化、人性化的，无一丝一毫的神圣气质。他微笑中暗含不屑，稍作迟疑补充着，意在让我明白，国内过度制作圣母像、圣者像用来做祭坛神像，或木刻，或石雕，对这些他一概厌烦。“如此花里胡哨，心不在焉，怎么去见上帝呢？”但主教对那些使石头复活的人们，对他们彰显出愤怒、悲哀、恐惧和日常生活小小欢乐的表情已感满足了。“他们若是真正虔诚，而且有足够的耐心，也会得到恩赐的。”

我内心已然有一种猜测在躁动，觉得这位瑙姆堡工匠大师也许是个伪装的瓦尔登派信徒，他从法国——以前他在法国也许觅到他的雕像模特了——把异端邪说带进来了，因为他预先认识到路德宗教改革及其后果，这个时间跨度着实让我惊诧莫名。他声称，是宗教改革的尘世纯朴保护了他的教堂创建者雕像免遭冲击神像者的狂怒破坏。“那些人对粗制滥造的圣母像、鄙陋教士搞的鬼画符般的圣徒像之类尤为恼恨，将它们砸了个稀巴烂！”他再次微笑，幸灾乐祸。

然后，那位金匠的女儿也因为穿越时代跃入当今而颇觉心悦。这个后来做了瑙姆堡乌塔模特的女子嚷嚷：“这里有可乐吗？”能用一杯冰镇可乐满足我觉得并不可怕的此女心愿，我已经很开心了。她接着说：“我得走啦。我还上班呢。到教堂大门前做雕像模特去。”她一走，我就对宾客宣告宴会结束。

在柏林墙及其隔绝的一切坍塌，继而所有人无不担保或预示行将发生变化之后不久，我再次偶然见到了她，这偶然成了让人信赖的皮条客。我不是在瑙姆堡——这个小城现在无需入境许可，国家也不监视，可以随意参访——而是在科隆大教堂正门前见到她的。说得更准确些：我认定站在此地的那位上唇薄下唇厚的妙龄女子就是曾给瑙姆堡工匠大师当过模特的那位。

我因为有事去西德广播电台，就在大教堂附近，我于是依习惯从火车总站抄近路去广电大厦，趁便对教堂双塔脚下的夏日繁忙景象瞥了一眼；我每次路过此地都以为自己融入了一个民间节日，大教堂前广场上堪称五彩缤纷热闹非凡。可她就那样兀立着，显得孤独尤甚。

较长时间以来，站在庄严肃穆的建筑前做雕像模特，我不想说这是一种时尚，但大致可以说，它反映出人们普遍心神不安这一基本情绪，更有甚者，它与此处科学论证的、彼处纯粹来自预感的知识和感觉相契合，即知晓或预感世界末日的来临。青年人装扮成圣徒、托钵僧、异教徒或异端裁判所的审讯官，呆立在教堂正门或侧门前长达数小时之久，偶尔做出迟疑不决、大多是谦卑或替人祈福的姿态，随后旋即恢复呆若木鸡状。

她扮成瑙姆堡的乌塔，直接——即使隔开一点点距离——伫立在科隆大教堂正门前，如此这般，所有常去做礼拜的教徒或只想进教堂观光的游客不得不从她左边或右边擦身而过。她从头顶的冠冕到足尖一身灰色，或用喷雾盒均匀地微微喷洒变灰，一只小木头箱用来做她站脚的小平台，也被漆成灰色，给人印象如同化石一般。我手里有张照片，也许能比照出：她与原型乌塔一样，左手食指戴着戒指，这个饰品与石刻出来的毫无二致，挺迷惑人的。长及足部的大衣皱褶简朴地垂下，没有早期或晚期哥特式矫揉造作的格调。唯有左手撩起大衣料子的地方妨碍布料的严整挺括，然而在戴戒指的左手下方，布料又平整地垂向地面了。正如众所周知的照片所显示的那样，她用隐藏的右手将大衣领高高竖起，这样，右脸至下巴的圆形曲线、颈部的右侧以及额环下面的头部饰带全都被遮住了。我敢肯定，这无损于她的尊严。

再瞧她那眼神吧。在那张仿佛已然石化的脸上，灰色双眼从竖起的衣领上缘不加理会地觑着万事万物。但凡她想看的东西，似乎都令她不安，即便不是惶恐。没有什么东西能刺激她，来自世界各地的拍照游客也罢，与她保持恭敬距离玩轮滑和滑板的少男少女也罢——即使轮滑手或滑板手放肆地、挑衅地在她四周转圈——也都不会让她烦躁。有一小队日本男女一再对这位“石化人”鞠躬致意，为的是与她拍张合照。

但无人过于走近她，全都与她保持距离。所以那只灰色金属薄片小碗也离她有一点点远，它在期待路人的慈善捐款。我一直观察，听见硬币叮叮当当、噼里啪啦落入小碗，我甚至瞅见还有纸币落入：德国马克，荷兰盾，一张五美元纸币。显然，她是以扮雕像模特为生的，事情看起来就是这样呀。我在她附近站着，一直未见她有松懈的解除僵呆的动作。我克服内心障碍，把两马克硬币放进小碗，向她走近，再走近，然后靠拢她，仰脸对她耳语，似乎想让她忆及由我做东宴请宾客的情形：“嗨，乌塔。我当时是您的东道主啊。稍稍休息一下吧，去喝杯冰镇可乐，就在那边饮料小店，咋样？……”

她纹丝不动。我没有听见拒绝的恶语：“滚开，老头儿！”或“一边去！”她的眼神与某种悚惧粘贴在一起。她连撩起大衣的左手小指头 也没有动一下。此际，一个骨瘦如柴、不是特别年轻、走路微跛

gesehen –
im Museo Thyssen
begegnete mir Cranachs
Dame mit Hut und die

的汉子走到我身边，略带外国口音说：“请保持距离，这位先生！”

这是谁啊？看来是与她搭伴的，靠姘居“吃软饭的货色”。没准儿他将金属片小碗里白天的进益尽收囊中了。从身材看，他肯定不是边疆总督埃克哈德，即使这家伙扬言动武就会立马出手。

“行，我这就走。”我边说边离开这个是非之地，况且去西德广播电台录音的时间已到，我压根儿没转身回望，但等我办完事就再也见不到她站在教堂正门前的身影了。然而在从未出现过汹涌访客人流的侧门，有一个戴风帽的呆滞男士站在那里扮作中世纪僧侣模样，在他的厚纸板小盒里，报酬十分菲薄。我乘下一班火车去了汉堡，旅程中记下那些好像是石化的乌塔对我讲过的话：“清晰听到的是图林根口音。或者，她话语里夹带安哈特地方的腔调？无论如何，她不是萨克森女子……”

直到次年春季，也就是我在吕卑克的马里恩教堂前，在斯佩耶尔市和沃尔姆斯市，在慕尼黑教堂正门前对她惦念不已之后，才再次见到石头灰色的乌塔，连同飘在高高竖起的大衣领上方的灰色目光。她立于米兰大教堂正面墙前，置身在满坑满谷的人群中，鸽子在四周咕咕地叫个不停。她立于此，完全理所当然，俨如立在她的祖泽宝地。

我本不应该把瑙姆堡工匠大师对雕塑做的客观性的指点和评价视为纯系手艺匠人之言。就在宾客用膳完毕、把樱桃汤喝光之后——妙龄姑娘,即工匠眼中的乌塔声言马上要去“上班”当“雕像模特”——这时,他在其工作室面对部分已做粗加工、部分已塑造成形的石料说道,他正在寻找一个模特,她要有宁静而紧实、美丽又不带表情的圆脸,塑成石雕后要求人们对这张脸不断做新的解释。按他的心愿,这脸盘儿要充分凸显拒斥的表情,所以她的目光既可投向一切又不投向任何东西。“所余者就是观者的事儿了,由观者来填空。我现在就听到喋喋不休的荒唐废话了。”

此话是他当着这个模特的面讲的。可金匠的这位“千金”还在不停地喝可乐。她的心思用在别处,我现在知道是用在向前迈进的时代方面。十三世纪的恐怖在她看来什么都不是。与当今的野蛮相比,她认为往昔的痛苦已消失净尽,抑或与现实的痛苦混杂在一起了,所以她作为石雕原型对瑙姆堡大教堂参访者的影响可谓无所不至。

“超越时代,”带领我们团队参观西圣坛的导游已说过,“作为他们那个时代的艺术品,与其他教堂创办者相比,我们觉得乌塔·封·瑙姆堡特别亲近,她好像就属于我们这个社会,她仿佛从其阶级的强制中解放出来了,她仿佛眼前‘有一个特别清晰的目标’——而我们对目标还是模模糊糊的。”

用社会主义青年团组织FDJ(德国青年自由联盟)这一歌词引语提醒我们参观小组,与业已消亡的斯陶芬王朝相反,这个工农国家依然一直存在,即使只是个令人痛惜的破裂状态。可两年半后,这位精通业务的女导游面对大多穿西部服装的圣坛游客,可能再也察觉不出对时代发展坚信不疑的乌塔目光中的目标了;取而代之的,乌塔认识到近处的什么了?猜测到远方的什么了?保不定她的眼神就是空空洞洞,充其量就只忙于关注内心生活罢了。于是,瑙姆堡工匠大师的估计就兑现了,因为空洞的眼神总是要用意义填充,因为人人认为,必须给她的眼神设置一个目标,或者给它开启一扇深渊之门。

我也未能免俗,当我在由多个恣意"游戏"部分组成的米兰大教堂正面墙前见到她顶着闪烁炽热的南部阳光,她这个北方女子显得多么怪异,于是一个问题就使我全身发痒:她看到什么了?认识到什么了?惧怕什么了?她在回顾中见到了最后一批斯陶芬人——康拉丁纵马驰骋!——与非洲干旱地区数百万忍饥挨饿的儿童相比,大教堂广场上吃得过饱、肥嘟嘟的鸽子令她生厌了吗?抑或,她在百无聊赖打量着一批批老是身穿同样色泽杂乱的行头的旅行者吗?她为何站在米兰教堂前而非乌尔姆大教堂前——我寻找她的地方呢?

除她之外,也还有别的雕像模特。还有常见的托钵僧。一位维罗尼卡圣女①,手里拿着擦汗手帕。一位埃及女神站在乌塔身边,但两人却没有目光接触,这女神满身镀金色,有鸟装饰在她头顶。与乌塔迥然不同的是——乌塔在中午酷热时也不流汗,反正我假装佛兰德旅游团成员靠近她时,未见她那涂成灰色的皮肤上有闪亮的汗珠滴落,这位身上只有缠腰布遮羞的女神,其镀金色的肉体似乎全都液化了。啊,可是这个……这个看似挥金如土的角色像……我认定这

① 基督教圣女,传说她在耶稣赴难时用手巾擦耶稣脸上的汗,而耶稣的面相竟留在手帕上了。

汗流浃背的霍鲁斯①正是我的乌塔那个微跛的伙伴、随时可能施暴的姘夫。我立马设法同他搭讪,已经站在他那镀金色小碗前面了,但没有朝碗里投币,暗含惩罚之意。就是他啊,这还能有错吗?!

然而,当我稍后躲进教堂广场旁侧拱廊阴凉处时,发现他身着衬衫和长裤便服,坐在街边咖啡店的小桌边。浓咖啡杯已喝空,水杯里的水还剩一半。他在读报,我首次从他身边走过时,还以为他读的是土耳其文报,但再次去到他背后装样找座位,我从那打开的双页版面大标题上认出是阿拉伯文。我敢肯定,他会从报纸的上沿偷眼观察和监控听命于他的女模特。他可能是埃及人,阿尔及利亚人,不,可能是黎巴嫩人。他牢牢掌控着乌塔。此疑虑,我是盲目滋生的。

我隔开四张桌子坐着。他付了款,拿着报纸走了。我留在原地,瞧见他目标明确地朝那模特走去,我也瞧见那女子不再坚持此前所做的僵呆姿态,只见她亦步亦趋,紧跟在他身后,手里拎着那个她用来站脚的、漆成石头灰色的小木头箱。我敢打包票,小碗里的硬币和纸币肯定都是跛子拿了。他俩消失在乱哄哄的旅游人群中。鸽群振翅高翔。这会儿我也付了款,有点儿匆忙,不能耽误去巴勒莫的航班呀。我被邀请参加一个关涉文学和历史的学术会议,又一次被邀请。

当聚会的史学家和文学家在蒙德洛海滨浴场莫名其妙互相故意找碴斗嘴,以打发无聊时光——戏称对方是伪造者或窜改者,而我眼

---

① 霍鲁斯(Horus),古埃及法老的守护神,复仇之神。

前浮现的却只有乌塔的那个伙伴和姘夫，想象他如何对她盘剥，性强制，如何用皮带抽她，就因为从小碗里倒出来的现金太少；我同时把历史人物埃克哈德也叫到身边来，此人拄剑而立，穷兵黩武，连婚床也似战场，所以其妻不得不对他防范以自保，所以婚后没有孩子，这位边疆总督在房事方面也就死了心，他这一脉从此绝种。我的乌塔遭受双倍的痛苦与折磨，这使我无法释怀，以至我直接冲进文学家和史学家们的纷争里，大声疾呼："我们对中世纪的强制还懵然不知！皇帝坐在此间，悠悠万事，在巴勒莫，他不闻不问，比如对可怜的乌塔·封·瑙姆堡个案就不管，她在性生活方面受其丈夫、野蛮的边疆总督埃克哈德的奴役榨取呀。"由于我的插话和呼吁初始只引发众人沉默，所以我就开始讲述瑙姆堡教堂西圣坛里教堂创办人雕像的详情细节。就在我把乌塔石雕及其恶劣夫君转换成如今在米兰教堂前做雕像女模特这个话题，并用污言秽语对其跛脚伙伴、粗暴姘夫作比较之时，聚会的史学家全都拒绝这一类和其他类的时代跨越。一位德国中世纪专家甚至下意识地斥责我的法西斯主义："纳粹分子①同这个说不清道不明的乌塔·封·瑙姆堡已搞过他们的种族崇拜了。可我们如今还硬要听这类非历史性的推测吗？"旋即掌声如雷，场面骚动。唯有一位意大利长篇小说作家——他以中世纪、被称为黑暗的中世纪做背景写出一部小说并成功拍成电影，为我在时间轨道上加速来回做了辩护，他对时下意大利北部和南部的政局作了嘲

① 格拉斯在《剥洋葱》这本书里首次向世人公开他本人在纳粹统治后期加入了党卫军武装组织，虽未犯罪，但他对这事的隐瞒颇受诟病。

讽和暗示，以证明此处和彼处的状况是何等黑暗，那宛如中世纪的黑暗。“或者，让我们的日光跨越亚得里亚海对巴尔干半岛各国作较长时间的观察吧，那我们就会惊惧不已，就会认识到，中世纪带着怎样的杀人实践追赶上了我们！”

接着，再次爆发违和的口角。我沉默良久，然后就逃避后续的报告和钻牛角尖式的争论，这易如反掌。在短时参观位于蒙雷阿尔和市中心的斯陶芬人和诺曼人时代名胜古迹后，我并未直接返航，而打算在米兰做途中停留。可惜大教堂正面墙前只有日常普通的旅游活动了。我向人打听是否看见某个雕像女模特，他们只是耸耸肩，权当回答。她不在，我心忧。

这种伤感在持续。工作可使人分散精力，会想别的事情；首批出现的衰老征兆劝我不仅要活得更健康，而且要珍惜和节省自己的情感，但我的那种渴望从未消减。我感觉失去了一位恋人，而自己也被抛弃，孤苦无告，仿佛必须把某个从未拥有过的东西埋葬，而且要将此失落当成秘密加以守护。这件事，我未向任何人披露，即便我妻子，也没有向她招认一词半句。我该招认什么呢？难道我要写一份自供状，交代我与一位妙龄女郎多年的艳情吗？而这女郎因职业关系乔装呆滞，我注视她，她却不理会我；哪怕我轻率地鼓起勇气对她引诱，搭讪，真真实实想点燃她的热情，她也压根儿不理睬；个中缘由，皆因她沦落在另一个人的掌控中。而对此人，我也只能暗中怨恨怨恨罢了。我与她从未有过床笫之欢，所以我妻啥都不知；但她已预料，当年顺道去瑙姆堡旅游——柏林墙犹在之时——已产生后果。

逝水流年。那个世纪也与之俱往。一种新币在流通。当我在旅行中面对各地一直还在干雕像模特工作的人，我就不由自主对她思念，想她在听灰色小碗里欧元硬币叮当之声。那是近来欧洲流通的币种。

我已别无他法。我那喜欢运用，不得已时必须运用的能力，即纸上宴客的能力也无法施展了。我曾三番五次诚邀瑙姆堡那位匿名工匠大师及其扮演教堂创办人的模特赴宴品尝鱼汤、狍脊肉、奶酪和核桃。但他们全都未到，包括蕾格琳狄丝、格尔堡、蒂莫和西佐的模特。他们全都被自己那个时代俘获，或者不愿被当今的种种加速和危机弄得心烦意乱。我们所担心的气候变化、养老金制度行将崩溃以及全球化的后果都不是他们的话题。至于乌塔，我希望她还能被吸管和一杯可乐所吸引。她也没有接受邀请。

我老是与其他客人一起进膳，让自己走进遥远的时代以分散注意力，比如坐到火堆边的尼安德特人①中间，或者试吃孟加拉菜肴。反正，供我散心的活动多的是。

然后我就看见她了，不，是认出她来了，尽管她服装的质地与以

① 在杜塞尔多夫附近的尼安德特所发现的更新世晚期、旧石器时代中期的“古人”。

往迥异,谦卑的姿态与昔日有别,容颜又过度地施了红色扑粉,扮成一位创造奇迹的圣女。我并未寻觅却与之邂逅,真三生有幸！其时恰逢法兰克福书展。我与出版商们吃完饭偶然来到银行区,也许这不能叫“偶然”吧。在餐后小吃之前我就开溜了。心里有点儿不安,开溜的时机不妥嘛,无奈心已在回家的旅途上,于是借口说想去买一种特殊香烟存着。就在这时我见到她了,在一个找不到香烟商店的地方!

她立于德意志银行前,更确切地说,立于该银行主门与一个雕塑品之间,雕塑品是个“8”字形滑道,乃资金无限循环之象征,其完美的抽象形态与鳞次栉比的高楼那过度反光的正面墙相匹配。她扮作圣女伊丽莎白站在小平台上,略显怪异,却也处之泰然。小平台与她的模特身段颜色一样,由红色的美因河沙石凿刻而成。小碗也是这颜色,时不时有匆匆走过,但鲜有惊异表情的银行职员和富有的银行客户往小碗里投币。间或,也有摩天大楼老板层级里的某人丢下一张纸币。从“接待说明”得知,此地没有游客经过,也无人拍照。

那位与我的乌塔长相很像的雕像模特——不,乌塔就是这模特——手拎一个篮子,篮子也像由石头凿成,里面堆满新鲜的玫瑰花,当然是红色的。它们在给圣女传奇中的玫瑰奇迹画插图哩:图林根有个铁石心肠的伯爵,其妻伊丽莎白违背他的意志,每天拎一篮面包去接济贫者病者和孤儿,伯爵严禁妻子送食物。但她仍旧带着在厨房里匆忙集拢的面包边角和碎块穿过城堡后面的小门行走在半路上,却被伯爵当场逮住,他怒不可遏,扯掉篮子上的罩布,但他瞅见的却是满篮的玫瑰花，那些含苞欲放的、盛开的和生气蓬勃的花朵。伯爵顿感羞愧，从此心肠就不那么硬了，他的妻子也可以给那些食不果腹的人们送面包了，想送多少都行。据说这事发生在几百年前，而今，我的乌塔·封·瑙姆堡进入这一传奇角色，纵然她未被封为圣女。

她的目光泄露了自己。伊丽莎白不可能呆呆地望着空旷处发愣。尤其她那上唇薄下唇厚的嘴是不会被错认的。走得更近一点观察，她拎着满篮玫瑰的左手小拇指特别长，与当时那只手的小拇指完全相符。食指彼时戴着戒指，撩起厚重的大衣布料形成皱褶。可德意志银行前提篮子的伊丽莎白没有戴戒指。当时她用右手竖起大衣领，不让丈夫和世人看见她右脸，现在她则用这只手给特别慈善的银行客户分赠篮子里的玫瑰，一面从略高的小平台向下弯腰鞠躬。

这情景我注视良久。银行前人来人往。不断有黑色大型轿车驶来，司机为大亨开车门。大亨又被称为领导人员，他们朝伊丽莎白稍微瞄一眼便匆匆离去。两个并排步行的警察巡逻，说明这幢高楼是需要保卫的。可是我对乌塔的那个黎巴嫩伙伴却遍寻无着。也许，吃软饭的皮条客灭绝了。他也可能被驱逐回贝鲁特或大马士革做生意去了。扮作伊丽莎白的我的乌塔可能不再从属任何人，已从内心和外部的强制下解放出来了，不再挨打受骂，不再受卑鄙的处罚、羞辱、威胁和折磨，可以自由自在根据自己的心情和需要进入这个或那个角色了：今天她是图林根分赠玫瑰的伊丽莎白；明天是深深思念在世间闯荡的儿子帕西法尔的赫泽莱德。我也可以将她想象成站在弗莱堡大教堂前，手执箴言册的天使，甚至把她想象成爱笑的蕾格琳狄丝类型，笑时脸上现出小酒窝。在瑙姆堡教堂西圣坛，蕾格琳狄丝是与乌塔相向而立的。反正，许多雕像可以生动地供她模拟。我的乌塔终于摆脱一切桎梏了！

见她一身暖色调装束，引人瞩目的姿态，沉静如水的意韵，我真高兴。在我，德意志银行此刻俨然更加光鲜亮丽了。我终于鼓起勇气，向她走近，再走近。这次可不是直接对已然变成伊丽莎白的乌塔打招呼，“嗨，”我说，“再次见到您，多好啊！”我把自己的心愿假装成请求，写在小纸条上，可读，也很礼貌。纸条上说，银行打烊后，我想同她美美地吃上一顿，在宁静氛围中叙谈叙谈。

我隐瞒了自己的姓名，冒充是她的景仰者。纸条儿我没有放在硬币中，而置于剩余的玫瑰花丛；我向她靠得很近，乌塔也没有把自己当作伊丽莎白予以回应。毕竟，她没有从花堆下抽出传达信息的字条，没有无缘无故把它揉成一团朝那个象征资金不断循环的雕塑品方向扔掉。我离开时，还边走边朝我钟情的乌塔鞠躬致意。我相信，我是值得她眷顾的。我甚至把她的一丝微笑存入了我的账户。

我请柬上所写的聚会地，不是精致的法兰克福饭店，也不是热闹的博览会宾馆，而是我果断选择的火车总站候车大厅里的餐馆，这仿佛是早就计划好的。这样选择，一来因为我喜欢坐在候车厅内，不光旅途中如此；二来因为我认为，像她这个一地一地漂泊的萍踪无定者对此类聚会点知之甚稔。我在旅途各候车室和站台曾经常常四处张望寻找她。

从六点钟起，我就耐着性子盯着旋转门看。我已让人摆好两人餐桌，也请服务生拿了一个花瓶插上紧急购来的玫瑰花。在等候期间，根据菜单，我把两个套餐整合在一起，至于主菜，则在小牛腰花配小扁豆汤和博览城里颇受青睐的“一锅煮”之间犹豫不决。前餐可在鲑鱼和腌制小鲜鱼之间选择。餐后小吃我决定向她建议来一块巧克力慕斯蛋糕。这会儿我面前已放上第二杯啤酒了。我依旧保持耐心，快到七点，她来到桌边了，我并不感到意外。

“我总算到啦，”她道，“卸妆稍稍有点费事。”我相信自己听出了马格德堡和哈伯施塔特一带的口音，但在餐桌边落座的既非瑙姆堡的乌塔，亦非图林根的伊丽莎白，而是一位芳华不再、已三十出头的女士，但她不是陌生人。上下唇的特点一点没变，小拇指过长的特点也一如从前。她即使凝视我，目光也是在捕捉某个远方的东西，而不是感知我这个人。至于长梗玫瑰，这个话题她如数家珍，没有任何遗漏。我在她那张直面我的脸上——面无表情，为预料中事——寻找并发现鼻根上方两条陡峭的皱纹。滔滔不绝说着话的嘴唇两边，刻有的皱纹线条也异常分明。皱纹赋予她的神色不是辛酸，而是坚毅。左侧的头发被修剪得较短并染成红褐色。双耳挂着廉价的耳环，这让我有些失望。

真是口若悬河啊！不，她不是说，而是唠叨个没完：什么城内交通混乱啊，宾馆价格高昂啊，什么天气啊，此等无关紧要之事，不一而足，中间还插入说她新买的鞋子——那种厚底增高鞋——有些挤脚，对这抱怨完了就来了客套：“承蒙邀请，真高兴啊。”稍微顿了顿，我

GRASS
Dez 2003

真巴望她就此打住。这时我听见她说："早该入正题啦。"

口气认真，大有责怪之意。我尴尬，意识到自己有点考虑不周，于是拿起菜单，犹如诗朗诵一般向她推荐套餐。她几乎听不进去，继而自作主张，好像没有其他选择余地，斩钉截铁道："干吗吃那些！我就吃肉排，和过去一样。"我向她建议，维也纳肉排配一杯意大利低度红酒如何，她说："我就喝可乐。"我对这话并不感到惊诧。我的建议似乎伤了她的面子，她于是补了一句："我最爱喝可乐，这，你是知道的呀。"我的雕像模特现在身着米色裙、衬衫和夹克衫，这样的打扮有人可能会说她与我交往频密，相知有素了。

我还不敢冒昧同样用"你"①称呼她，向她提问也是小心翼翼。首先我想知道她的出生地在哪，她笑了，我瞅见她的牙齿有残缺。"那个小城你知道呀。它很有名哩。尼采②在那里进校读书，诺瓦利斯③也来自那个地方。我孩提时代，男孩们就叫我乌塔了。你若想知道的话，我本名叫尤塔。"

于是我就叫她"尤塔小姐"。因为她不吃前餐，我只好勉强以小扁豆汤代为承乏，继肉排后，此汤也被端上桌了。她咀嚼着，一面心直口快地打开了话匣子：柏林墙快要倒塌时，她穿过匈牙利越境到这边来了，与她同来的还有一位女同学，这个同学比她快活，我得知此女总有发笑的理由，那就是，她笑，脸上就漾出甜美的"小酒窝"。我

---

① 德人用"你"称呼对方，表示关系亲密；一般使用"您"尊称。

② 尼采（F. W. Nietzsche，1844—1900）德国哲学家，诗人，1849 年随母迁居瑙姆堡。

③ 诺瓦利斯（Novalis，1772—1801），德国诗人。

好意提醒她回忆那个与历史上的乌塔面对面的公主蕾格琳狄丝，但我除了听她讲学校男生和少先队小伙子过早地将她视为乌塔外，其余有关瑙姆堡、大教堂和西圣坛之事一无所闻。

我也就不问了。一切似乎都应自明自解。然而想听她细说她的那个黎巴嫩人，那个异乎寻常缺席的伙伴——推测中的异类姘夫，这事儿委实挠心，让人觉得好痒痒，但我只得到一个简短的解释："如果你指的是阿里，那，他是我男友。"

当我的乌塔——这会儿我得叫她尤塔了——还一直吃着肉排，我则兴味全无，用汤勺舀小扁豆吃，在这当口，我对阿里是黎巴嫩人的猜测完全被否定了。本来，阿里名叫赫伯特·阿里，从父亲方面说他是俄籍德国人，但从母亲方面说他又是半个哈萨克斯坦人，所以他决意做个穆斯林，取名阿里。"他原本要回哈萨克斯坦。这个故事真说来话长。无论如何，他回我就跟他一起回呗。"

我很谨慎，暗示我参访米兰时无意间发现，她男友阿里在仔细阅读一份阿拉伯文报，他逐行阅读，我的这一观察被证实了："他会多种外文哩，不单是阿拉伯文。是在此间西方附带学会的。阿里这个人嘛，你得知道他对政治相当热衷，我呢，兴趣要淡一些。他以后没准儿会变得十足狂热，但这正是我喜欢他的地方。"

然后我又从她那儿听到，她男友阿里在一次政治争论中——有人把他当成俄国佬加以谩骂——受了伤，从此不良于行，跛脚。"我讲得太多啦！"她嚷嚷，一面把肉排和可乐都咽到肚里。"我马上就得走啦，走之前……"她似乎在向我道别，她还有个愿望。我付款后，她在挎包里翻找出一把火车站有数码编号的行李自锁保管箱的小钥匙。

她走在前头，丢下玫瑰花不管不顾，我拿着钥匙在后面跟。我找到并打开那个自锁保管箱，从中取出一个分量不轻的小包裹。在站台拥挤的人群里，小包裹我不是交给我的乌塔，而是塞给阿里的女友尤塔了。我们谁都不问，当然也没有谁答。“下次再见！”她边喊边拿包裹，消失在人群中。后果由此酿成。但没有“下次”了。

在这样一个时代，世间总有某地引爆精确到秒的定时炸弹，以及外行手工鼓捣出来的爆炸物，这些消息也许会在许多人中间传开，尤其对损失有限的爆炸；但因为传开的爆炸地点是福与祸，更俗气的说法是赔与赚的持久标志，那么对法兰克福交易所的袭击就意味深长了。所幸在散播越来越多恐慌的疯狂发作后，交易所行情已然止跌。困难中那一线光明，与其说是在事发地被亲眼所见，还不如说是被魔法召来。

在交易所大门前，也就是在象征性的牛和熊青铜雕塑的背风面，爆炸物造成相当大的财产损失。六位交易所投机商被玻璃碎片击伤——其中包括两位小股东保护协会律师，他们被送到附近一家医院治疗。动物雕塑，特别是熊被金属碎片损坏。损失最大者，莫过于当天和翌日报道的证券行情暴跌；人们回忆起很多很多年前一次史称“黑色星期一”的股灾。

人们也立即在报纸大标题上读到在世界各地被追查的人名和恐怖组织。一场大追捕开始了，没完没了的资本抽逃也联袂发生了。尽管法兰克福交易所只是象征性地遭到破坏，但有人建议必须赶紧迁址。数篇评论文谈到这件过热的大事时又顺便提及，这是一次偶发的幸事，因为根据一些目击者的陈述，他们在炸弹爆炸前看见一个年轻女子化装成中世纪圣女站在交易所大门范围内。另外的目击者在上周工作日也看见她立于同一位置。其他见证人在10月份就已经瞅见她以同样或类似的打扮站在德意志银行前面了。她在交易所前也给那些乐善好施的股票经纪人和其他行人赠送玫瑰花，一如她在德意志银行前所为。警方证实了她在这两家机构前面的表演，也是被允许的表演。

大追捕一无所获，晚了一个多星期，那个圣女才被证实是扮演图林根伊丽莎白的模特，从而成了犯罪嫌疑人。这化装女子的照片甚至通过媒体也散播开来了。尽管警方加大侦缉力度，但迟迟未能将其捕获。拖延、再次拖延很久之后，侦查机关才对一个有指向性的说法认真对待起来，它本来很早就应给警方指点迷津的。说的是一个牵狗的小伙子在内城名胜古迹前，也在交易所前售卖一份无家可归者的杂志，在爆炸发生后，他四处散布说，他在去的途中见到那个"滑稽的圣女，在回途中她就不见了，只剩那个她用来站脚的小木箱还在"。牵狗者甚至对围观的人说："炸弹就藏在小木箱里，这是明摆着的事啊。"可谁会相信一个流浪汉的话呢？

这一切发生在11月11日，一个乌云密布的日子，就在黄昏即将降临时。牵狗者说，虽然雨势不大，但八成还是毛毛细雨把圣女赶走了。她在匆忙中，把自己站脚用的小平台，也就是那个不祥之兆的小木箱给忘了。指点迷津的热点线索于是被冷落。在世界范围寻找炸弹袭击的幕后策划人，这马上又成了人们的谈资。对作案嫌疑人及其组织的指证一再把中东，尤其固执地把黎巴嫩带进街谈巷议的猜测中。只有我，对此事知悉甚详。

当时我同我的乌塔——下班叫尤塔——在火车站餐厅用勺子喝小扁豆汤，她把肉排切成小块一一吃下，这时我很喜欢听她讲阿里这半个哈萨克斯坦人及其家庭的故事。但我这位穿便装的雕像模特讲阿里又不愿多讲。于是我猜想，从父系方面说，阿里的祖父还是个地道的伏尔加河流域德国人，初始被流放到西伯利亚，后来这家人——全是门诺①教派的农民——在斯大林死后定居在哈萨克斯坦。阿里的父亲在此间娶了一名地道的哈萨克斯坦女子成家，或者没准儿只是与她保持暧昧关系。于是，当时还名叫赫伯特的阿里被哈萨克斯坦人当成德国人而横遭谩骂。许多人，包括阿里的父亲，便带着儿子来到联邦德国，可他们在这里又被当成俄国佬诅咒。这时阿里想起他的穆斯林母亲，她留在哈萨克斯坦，已另外成家。由于阿里既不愿当德国人，也不愿当俄国人被人臭骂和侮辱，所以才学习阿拉伯文，并且涉足政治。

她吃完肉排，对我说起悄悄话，是与她情人有关的上述故事。她

---

① 门诺(Simons Menno,1492—1559)，德国宗教家。

只向我透露，阿里有机会就要回哈萨克草原，她呢，也会不顾一切跟他一起去。

她而今安在？有时我想象，她在辽阔无垠的远方，裹着一条粗羊毛毯，呆立着，目光空洞，不投向任何事物。

我再也没有重游瑙姆堡，可能近期要去一次，一如当年同我妻子一道去。我们将穿过教堂西读经台的大门，伫立在供祭司和唱诗班用的圣坛中，瞻仰教堂创建者雕像的风采。他们是格尔堡和蕾格琳狄丝，迪特马和威廉·封·康姆堡，蒂莫和西佐，格帕女士，拄剑的边疆总督和他身边的夫人，他的夫人还一直抓住时机，越过高高竖起的衣领，对所有当下咄咄逼人之事、过往的惊骇之事和未来恐怖之事予以审视。

也许，以后我会对妻子讲述一切，我同乌塔大致经历的一切，我觉得，自己已进入一个雕像模特的视域了。

乌尔夫半岛①

2003 年 8 月 13 日

① 丹麦地名。

GRASS
8.2003

Heiligen ähnlich. Hat er Kreuz mit Kerzen getragen!" ~~Und~~ Kirchenleuten [illegible] er infam.
Und dann gefiel es der Tochter des Goldschmieds gleichfalls hinter der Zeitläufte bis in die Gegenwart unserer Tage zu hüpfen. Die zukünftige Uta von Naumburg rief: "Gisi, hol mir 'ne Coca!" Und ich war froh, das mir nicht geheure Mädchen mit einer eisgekühlten Coca Cola zufriedenstellen zu können. Dann sagte sie: "Muß jetzt weg. Hab noch Dienst. Figurinstehen vorm Domportal." Sie ging und ich hob die Tafel mit Gold auf.

—

Kaum war die Mauer und mit ihr alles gefallen war, was trennte, worauf alles versprach oder drohte, anders zu werden, sah ich sie zufällig wieder, falls dem Zufall als Kuppler zu trauen ist. Also nicht in Naumburg, jenem Städtchen, das mir ohne Einreisegenehmigung und Staatsaufsicht, nunmehr mühelos zu besuchen war, sondern vor dem Hauptportal des Kölner Doms sah ich sie sehr genau: was mir, als stünde da jenes junge Mädchen mit wenig Ober- und fleischiger Unterlippe, das einst dem Naumburger Meister Modell gesessen hatte.
Ich hatte beim Westdeutschen Rundfunk, also im Domviertel einen Termin wahrzunehmen, kam zu Fuß vom Hauptbahnhof und nahm, wie gewohnt, auf dem kürzeren Weg vom Bahnhof zum Funkhaus, Gelegenheit, einen Blick auf den sommerlichen Betrieb zu Füßen der Doppeltürme zu werfen; jedesmal meint man in ein Volksfest zu geraten, so bunt gemischt geht es auf dem Vorplatze zu. Deutlich stand sie ganz für sich, sonst eher verschwommen.
Neuerdings war das Figurinstehen vor sakralen Gebäuden beliebt geworden Zeit, ich will nicht sagen, eine Mode, doch aber doch etwas, das der allgemein kriminellen Gründlichkeit, mehr noch, dem hier wissenschaftlich begründeten, durch eine klare Vorahnung geleiteten Wissen oder Gespür für eine mögliche Weltwende entsprach. Als Heilige oder Bettelmönche, Ketzer und Inquisitoren verkleidet standen junge Menschen stundenlang reglos vor den zahllosen Kirchenportalen. Gelegentlich führten sie versöhnende, zumeist Demut aber auch Segen spendende Gesten vor, um abermals zu erstarren.
Sie jedoch stand direkt, wenn auch mit einiger Distanz, als Uta von Naumburg vor dem Hauptportal des Kölner Doms, so daß alle, die als Kirchgänger oder mit touristischem Begehren ins Kircheninnere wollten, an ihr links oder rechts vorbeimußten. Von der Krone bis zu den Schuhspitzen stand sie ganz in Grau. Nicht nur Gesicht und die Hände, den Mantel, stoffraffende Hand waren steingrau geschminkt oder mittels einer Spraydose gleichmäßig grau getönt. Als Postament diente ihr ein gleich-

版本简介

《雕像人》是君特·格拉斯在丹麦默恩岛上租赁多年的"守护者之家"里完稿的。2003 年 8 月 5 日写出第一个手写稿,写在单页的草稿纸上。此稿本保存在他贝伦多夫工作室的诗歌草稿中,直到后来移交给他吕卑克的秘书。在第一稿写就的当天,格拉斯就开始修改润色,成了新的底稿,稿上附有三幅雕像女模特的素描画(此稿现属吕卑克君特·格拉斯住宅的藏品)。2003 年 8 月 13 日修改完毕。文本约有四分之一曲君特·格拉斯用奥丽维蒂牌便携打字机打成第三稿,但未标明日期。他将打字原稿的最后一页放在装订好的手稿册中,似乎想提醒自己,日后做进一步改动。

在这次写作过程的两年前,亦即 2001 年 10 月 13 日,格拉斯已画出有多个人物形象的一幅石版画,这篇传奇故事对他们做了部分讲述。画页上有五个画像,三个在画页左侧,两个在画页右侧,画页中间附多个简短文句,对各个画像做了简要说明。石版画长久保存在贝伦多夫艺术工作室里。格拉斯逝世前,石版画已被确保印制,但未制版。格拉斯在石版转印纸上用石墨铅笔又画了一张画,画上可看出三位女士和一位长发男士,他在画页上称后者为“一个匿名的工匠大师”。他把这位工匠大师一直保留在他的艺术工作室,直到他与世长辞。这个主题他健在时未能成书。

模型桌边画有八个陶土小人像,其中七个被格拉斯称为“雕像人”,第八个略大于其他几个,被称为“戴修女宽翼帽的女子”。一个用红铅笔画的小人像,注明的日期为“2003 年 8 月”。也是用红铅笔绘制的“戴修女宽翼帽的女子”,格拉斯在画页上标注的日期是“2003 年 12 月”。

标注日期为 2003 年 8 月 5 日的第一个手写稿《雕像人》于 2022 年 2 月出版,载于君特·格拉斯和乌特·格拉斯基金会的系列文集《通行证》,卷六,柏林 Ch. 林克斯出版社出版。这部作品还附有与内容有关联的简短文字说明。现在的文本,依据的是 2003 年 8 月 13 日的手稿本以及并不完整的打字底稿。

希尔克·奥索林,延·施特吕姆佩

短篇散文*

* 本书中的散文(Prosa)指韵文之外的文学作品,其中多数可视为短篇小说。

单篇发表的文本

在 蛋 中

妖怪需要休息。他的脖颈像一副忧伤的面孔。夜间，他乘车急于朝南面奔去，早晨将他卸下置于我的门前，门框已经生绿，春天之兆昭然。妖怪打算用三天时间忘掉一切，然后以他那经过充分休息的记忆力让我和他的电话机对他大加赞佩。大地景色犹如丰腴少妇的床单，山涧把每块石头的面孔都打扮得漂漂亮亮。妖怪躺卧在与他适配的座椅上。若非苍穹变得如此曲里拐弯，让他滋生相应的千奇百怪念头，那么，为重新逗他脖颈儿开心，三天时间肯定足够了。他，这个妖怪正在想自己是用巴掌宽拇指厚的这个标准测量万事万物的，于是蓦然有了那种感觉，即觉得自己今后确定无疑会躺卧或坐立于一只鸡蛋中，更恐怖之事，莫过于会被孵化。当这个想法首次向他袭来，他就思谋着通过轻轻转动鸡蛋，以吓走那些苍蝇。然而鸡蛋岿然未动。是啊，鸡蛋更加笃定了。他又尝试用笑和轻咳的办法，但也枉然。山间的鸡们把一切理性和见解的眼睛都啄掉了。鸡蛋犹存，它不紧不慢地成拱形隆起，蛋壳辽阔无垠，那是母鸡们的所爱。妖怪以昂贵代价购得几场睡眠，梦幻在此蛋中也有其地盘呀。他在苏醒时还感觉到梦乡的沉默，那用处多多的沉默。拱形扩大了，新的空间构思完成了，并且可堪栖居。此后的某时他说道："事已至此，可是那座山，至少有两千米高，不适合进入蛋中，我倒要去看一看。"此山的高度是两千四百一十六米，还有一条铁路通向高处。妖怪雇用一名向导，自己穿戴齐整，来到山顶，自己也没有弄懂，那蛋壳竟然完好无损。即便再高的山也几乎无法改变这个忍耐度极强的容器现状。妖怪连一株雪绒花也没发现。妖怪回来了，脖颈依然是悲苦模样。他于是做他的生意，满怀热情、一门心思地投入，似乎要使股票行情升值，直到这个不受待见的蛋放弃不可穿透性，而他也可以用车把容器碎片当垃圾运走卖掉，这样也就有一小笔盈利入账了。妖怪发觉他的股票行情达到极值，他又设法给股票注入新鲜的和陈旧的空气，如此这般，行情又走高了几米，但他总嫌高得还不够，于是他因为一次山崩而坠入深谷，他什么也没剩下，唯余那令人毛骨悚然的有关鸡蛋的知识，那只蛋的南极和北极尚无人探究过哩。——他活得还算不错。自从他把知识当成学说出售，他就赚到足够买奶酪和面包的钱了。初始，这个信息名曰《鸡蛋的学说》。蛋中的兄弟们自称信徒，但当时信徒人数寥寥。当妖怪设法从他学校外面招揽信徒时，他才恨不得把那些耳朵扎成花束，要听他宣讲的信徒竟然多如牛毛！关于那只母鸡，他倒是很少说起，但是，每当他要给母鸡的羽毛确定颜色，他的声音就俨如用膝盖折断的干柴，在火中喊叫着熊熊燃烧，释放炽热。一点微尘也落入人们耳中。如此，母鸡就是无色的了；如此，母鸡孵蛋显现成果的那个日子，即妖怪及其教区的所有人在蛋壳碎片中瑟瑟发抖、赤身裸体、不习惯于新的光亮的那个日子当然就异常重要了。——妖怪并未闲着，他试图算出这个日期，最后声称是某个星期三，但他又对那个与他过从甚密的信徒泄露可能是某个星期五。在星期三与星期五之间意味着悠长的经年累月，妖怪在此期间的勤奋可谓闻所未闻。因为把整个带褶皱的地球改写成未被孵化的蛋黄，此其时矣！但兹事体大，牵涉众多事物，殊非易易。因为桌、椅和床都是反妖魔鬼怪的；倘若老是黑暗，灯盏是要抵制的。在阴暗多云的季节，各种怀疑油然而生。上苍让人惦念每个拱形建筑。也许，地球是一块木板，天空是一块木板，其间生活着持续陷于惊恐中的贫乏生命，有朝一日，树木、山岭、房屋山墙、教堂尖顶和电线杆都要失效、折断或萎缩，这两块木板也许会碰在一起，最终会使本来就可怜的空间变得壅塞不堪。然而，春天和卫生保健之风又使老旧的蓝色秩序得以恢复。地球轰隆隆地转动着，造型美观的鸡蛋中的蛋黄也是期望多多。给母鸡带来的，是那些被安排得最佳的牺牲品。——为何总是母鸡呢？必须是一只母鸡吗，妖怪？当你觉得蛋已变成一种必然，你为何立马就提母鸡呢？难道你没有想到与母鸡孵蛋相同的别的东西？没有博物馆报道过的，那些生长着四肢百体的神秘生物和已为人熟知的生物。其长度让你昏昏欲睡的那些蛇类，对鱼饵付之一笑的鱼类，那些把东南西方尽收眼底、北方更不在话下的鸟类。当你自以为理解鸡蛋，就不提鱼，也不提蛇和鸟，不提那些悲苦的三角形生物，但不是公牛的生物。妖怪说："母鸡，十之八九是一只白色的产蛋母鸡。"——妖怪死时吐出他的灵魂，他的灵魂比空气还轻。这灵魂可能找到了蛋壳,保不准突破了蛋壳,与众多其他的灵魂交往,这会儿它与蛋壳内表层的众多南瓜大小的灵魂贴在一起,犹如贝壳紧贴一艘长久、无比长久地漂浮在海中的轮船船体。

我的绿色草坪

我的草坪不大。从我的椅子看过去,草坪的坡度略微向左抬升,在那边与几棵核桃树的树影混合。椅子,我的椅子式样很普通,几乎满足不了喜欢现代家具者的要求。坐上它感觉很不舒服,逼着人想事儿,它那摇摇晃晃的四条腿让人想起一匹正催促动身的牡马。即便这样,我每天还是有一部分时间坐在这把椅子上,观察我的草坪。

在西班牙,我曾见过一座广场,它像我的草坪,坡度也是略微向左抬升。此广场离我的膳宿公寓不远,它原本就位于海港与膳宿公寓之间。我常常坐在此处。促使我在这里落座的缘由,肯定不是那黑黢黢的颜色——海港围墙边堆放着三座高耸入云的煤山,也许是那些出售抽彩奖券的女店员,她们充溢着悲伤的回声被广场衬托得格外清晰。也许还有一个原因,就是因为那把普通式样的座椅啊,我家里也保有这样的椅子。这会儿我要是说那里真是热,多热呢,为了准确表达,我还得告诉一件事:在德尼亚,中午时分,我看见一个男子举着普通气枪对着太阳射击哩。就这么热呀。我不得不常常想起我的草坪和我的那位朋友,他有时傍晚时分来,因为他了解我的痛苦,就给我出主意:“你就请人挖个喷水池嘛,那你想要什么就有什么了,再无需冥思苦想啦。”朋友对我如是建议,当然是一片好心。我不要喷水池,不,根本不想要。我等待绿色让步而洪水到来,等待一条鱼,就一条,或许是条金鱼,能在雏菊之间游动。我等了多久啊!多白费劲啊!我朋友于是又建议我去旅行。我不听,因为我在别的地方会感觉不爽,他还是不松口,把一些旅行指南一类广告小册子塞给我,说这儿便宜,说那儿人们很友好,最后我同意去西班牙一游,就因为某本广告小册子印刷精美,上面有一条花里胡哨的鱼。

六年多之前,我中断大学学业,坐在我的草坪上等待。除了黄嘴乌鸫什么也没现身。在西班牙我不必等,不必久等。广场上的每日下午,面对高入云天的煤堆,许多小船漂荡着进入海港,酷热刚把最后一台发动机吞下,无数的蟹、龙虾、口袋螯和多臂状黏滑的肉体就爬过海港围墙和石头,它们身后留下潮湿的痕迹朝广场冲来,使用它们的工具器官大吵大闹,把电灯杆都弄弯了,也扭曲了我的目光,我的目光毕竟好一阵子直勾勾地尝试与这些令人惊异的动物邂逅。这时我想,这恰恰是西班牙啊,它不想再跻身这部历史了。我又想到我的草坪,周日邻居们在那里踢足球,足球与鞋触碰发出干巴巴的声响清晰可闻。年轻人都购买这种奇特的鞋子,价格肯定昂贵,他们对鞋悉心照护,几乎用爱心打理。人们在西班牙应穿这种鞋子吗,我在该国本来也是应穿这种鞋的,这样我就能越过广场,在蟹和龙虾群中穿行,还能阻挡许多蟹和龙虾呢。我听说这种特制鞋的尖头里面衬有铁皮,越广场,穿蟹群,脚蹬此鞋会觉得安全,放心,这是何等的愉悦啊！我现在是光脚在我的草坪上走，在西班牙我穿轻便凉鞋，长裤是在巴塞罗那买的。长裤的布料很薄，手感很好，就是容易起皱。

“我的天啊，那小孩到广场上来了！”我当时如是嚷嚷。“佩披塔，佩披塔！”多么懵懂的小孩啊！她小心地转过身，朝我亲切地招手，我们是在膳宿公寓吃饭时认识的。她弯腰拾起一只螯钳螃蟹，用一种训导口吻只对我一人说：“你瞧，这是为我们洒血的耶稣基督啊。”言毕就解开她的白色连衣裙，把那只武器犀利的动物放到她幼小的胸脯上。“佩披塔，”我嘟囔道，“你爸妈今后肯定会活得很苦闷啊。”我这是白费劲，佩披塔的连衣裙立马染红了，红色越来越深暗。这孩子有点早慧，微笑着，从我尴尬的眼前消失了。我进了教堂，想做祷告，但这成了难事。外面暮色四合，相邻的太阳电影院在热闹地放映米老鼠影片。最后我祈祷：“上帝啊，你要是愿意我回家，就请你把一条鱼放到我草坪上吧。”我等到第二部电影放完，此夜我一直喟叹：“佩披塔，佩披塔，你那可怜的爸妈哟。”我除了拿出一张纸对一个小孩的夭亡略作美化外别无良策。

海港旁存放着煤堆，
它们漆黑，一味的漆黑。
佩披塔，穿上你的白色连衣裙吧。

你幼小的尸骨未寒，
不要招来苍蝇，
和摸索报纸的

手指。

你的舌头已无感觉。

佩披塔,佩披塔,佩披塔意味什么。

海港旁存放着煤堆,

鱼类及鱼刺、吉他和佩披塔

均在天际幻灭。

或者死神,某位游客坐下

摘下太阳眼镜。

佩披塔,他呼唤,来这儿,

带报纸来,

我们要猜交叉字谜——佩披塔。

海港旁存放着盐堆,

白得炫目。

佩披塔,穿上你的黑色连衣裙吧。

这会儿我又坐在我草坪边缘的椅子上了,认真读着以上的诗行。我回忆起一位朋友在兴奋的时刻来找我,对我说:“你可以拿支铅笔在纸上画个圆圈,然后你还可以说,你瞧,这是太阳,并且证明人与上帝类似。”这跟这张纸上说的完全一样,我读着,佩披塔,佩披塔,这个名字真是荒唐,它把所有鲜血都弄到它身上了。但我的草坪是绿色的。绿色有点儿向左抬升,这让我颇觉疲倦。没有什么东西让我的目光在草坪上停留,它像个句号,代表一个重要文句结束了。

自从我听过那首咏叹调，我就想象一条经过草坪的对角线。是在面对煤堆的同一个地方。此前我点了饮料，一种清凉的、浅蓝色的，但不是牛奶。那位男士到广场上来了，不顾灼热的阳光，用不大的嗓门儿说：“我的先生，我这就唱对角线咏叹调，请您仔细一点听哦。”言毕就向前伸出右脚，把他所有的华彩都引入胸中，气宇轩昂，然后开唱。我现在坐在草坪边上，把椅子都搞累了，我就想起那咏叹调的复唱句，大意是：

一只狗狂吠着，鞭子清脆地响着，
我合上书本，关上所有的房门，
噢，黑色对角线。

他像一位男高音歌唱家般唱着，但诗为何意？男高音？倘若不能清晰地描述他那落在广场上的声调和声调系列，那它就是价值连城的一条鱼的鱼鳞了。我起身，欲把鱼鳞收集到我的钱包内，正如某些地方人们在除夕收集鲤鱼鱼鳞所为，然而太阳惩罚我，饮料店服务员来了，我并未责怪他，只说：“我的先生?”我于是又坐下。男高音唱完，接受了我匆忙的掌声，收回右腿，我听见他说：“我的先生，您听了对角线咏叹调，也有人将其称为三骑士之路。”头几个词儿一出口他就后退了，三个小伙子装出严肃的面容，双臂交叉于胸前，他们一袭白衬衫，慢慢悠悠迈着方步，以训练有素的步伐走对角线越过广场，一辆挖土机摆放在那里，已锈迹斑斑，它高出海港围墙。有人从鱼市大厅方向发出命令,一排子弹从精确瞄准的机枪射向广场,那三骑士应声倒地。这就是西班牙人对对角线的理解,男高音们善于演唱咏叹调,善于描绘这种对角线。我在说男高音用复数称呼它们时,指的是落在此广场上的音调系列,指的是珍贵的鱼鳞,那是我意欲搜集的,可饮料店服务员嚷嚷道:“我的先生?”我又沉落在椅子上了,听咏叹调的结尾和男高音的简短解释,瞅见那三骑士,听到那一排子弹,朝那三位的衬衫凝视,但见衬衫的颜色变深变重了,我想到佩披塔,想到她血溅连衣裙,而且我试图将此红色换成我草坪的绿色。

但这事我办不成。即便当今我还认为,决定去西班牙旅游的人,必须先知道,在西班牙,人们会当众血染衬衫和连衣裙,人们不可避免会听到对角线咏叹调。我当时付了款离开之时,我祈祷:“上帝啊,你要是愿意我回家,就请你在我草坪上放上一条鱼吧,让我的眼睛跟随它游动吧,直到我眼睛去分享它的冷漠。”

当我几天前坐在我的椅子上睡着了——睡前翻阅一部长篇小说,前面各页宣告下文要寻找的发展阶梯、方向和情节,我醒时颇感慵懒和委屈,是因为我朋友常常当面对我过度地嘲笑。他站在那里,给我提一些普普通通的建议,他指了指那本小说:“这小说很差劲。”我说:“没有耐性,往往提供生活细节里的机会,主人公则为故事情节添了一个大动作,他决定去做一次旅行。”——“那好,”我朋友说,“你当时不也出门旅行了,给自己散心了嘛。你还应该再干一些事情,比如试试挖个喷泉,或者结婚,娶个女人,这可是条最好的鱼啊。”他边说边大笑起来。不,我不要喷泉;结婚?她若每晚身着白色连衣裙站在我面前,就像我所了解的佩披塔一样，我等着她也会把某个东西放到胸前并弄脏衣服，想到这些我就疑虑重重。可以肯定的是，她放到胸前的东西除了那双无耐心、无教养的手外别无其他，对于这双手，我也没有能力教育培养啊。结婚之事，我必然会白等，婚后无生育，至于我的草坪，那也无力顾及了，只好移交给园丁打理了，我想要的是耐心，我一切祈祷只针对那条鱼。结婚嘛，以后总还可以结的。

阿方索·卡洛斯证明他有耐心。那个地方经常告知，某个星期六开始有某个民间节日。卡洛斯身着斗牛士服装进入广场，我以旅游者的身份可以判断，他的姿态堪称潇洒无比。几个开场节目演出之后，那条蜗牛才慢慢吞吞出来。我估计，这蜗牛大约有二点五米高，七米长，这个尺码，我除了对这个赤裸、全封闭的队列作描述外，再也说不出来什么。卡洛斯一直以潇洒的姿态在等着蜗牛，他和观众包括我听见一只小渔舟驶入海港，我觉得这事蹊跷，都五点钟了，所有的渔民与我站在此处，他们与我一样，看得眼球都要跌下来了。蜗牛终于朝他溜过来，身后留下黏滑潮湿的余痕，他让它滑走，躲开它的触角——此乃战斗规则所规定，然后他对那巨物刺去，但没有出血。“血，血，哪里有血啊？”观众嚷叫，我也叫。蜗牛又来了，他又刺，血还是未见。阿方索·卡洛斯有耐心。我要是有此耐心，我也可以这样等那条鱼来。我做此事易如反掌，我床头无妻，膝下无儿，也无观众叫喊：“血，血在哪？！”或叫喊：“鱼在哪？”没有观众在我的草坪旁边等待。邻居小伙子们踢足球，但我的鱼不是他们的鱼。在西班牙，从不缺观众，但如今我还是说，卡洛斯没有失去耐心，没有失去，观众强迫他做让其开心之事。他想给他们提供一点东西，也理解他们的无聊，他爱自己的职业，从未表现出厌倦和不耐烦。此事不言自明，乃愿望使然。蜗牛再次从他身边经过，它又像海绵一样接受了戳刺，部分观众从椅子上站起，极富激情。这时斗牛士一转身，做了一个训练有素的动作，衣着华丽的身体上配备着利器。此际见血了，他挺立，过了一阵他的姿态更为舒展，旨在时间持久一点，表明他是多么受人青睐，观众对他心怀感谢地落座，广场四周一片沉默。

我后来在我的草坪上陷于沉思。那蜗牛一再地不快不慢地在我的思绪中滑行。可是卡洛斯为何要手拿一条披巾呢？这披巾的颜色在其他地方是用来激怒五岁公牛的。他难道不知，这蜗牛是假的，没有什么颜色能催促它急速运动简单的身体吗？但我现在已把这个问题置诸脑后了。观看一次赛车——我朋友的过错——让我看见、引起我注目的是，我们对蜗牛速度的理解何等浅陋啊。我们的眼睛对此视而不见，对这个穿越时代而歇息的滑溜溜的身体不理解，我们是以落后倒退，而蜗牛则总是领先我们几圈。我几乎要说，当然不能视为预言，蜗牛将把它的触角伸进下个世纪，这将是一个小心翼翼的时代，将收回所有指责的时代，一个没有佩披塔连衣裙那种外表颜色的世纪。

我常常认为，我学会了一些东西，蜗牛带着我向那条鱼更靠近了。然后我面对我冷静的草坪，突然忆及悲伤的诗句，诗意的指向我只能费力地说出一个大概，类似于课本里那首诗《阿奇博尔德·道

格拉斯》①的开头:"我已等了七年……"那个时代的一首诗开始吟唱:

我等待一只蜗牛等了七年,
现在我已忘记蜗牛的长相。
当某个东西赤裸裸,敏感地到来,
我就寻找一个妥帖的名字。
我说过感情,耐性,说过幸福,
但这些都无声地滑动过去了。

① 德国作家特奥多尔·冯塔纳的叙事歌谣。

五　鸟

出　身

同木桩们打个招呼,做个预先约定的记号,这就够了。接下来的事很简单,无需证明。它们五次离地,显示居无定所。以前圈定菜园的篱笆现在成了天上的栅栏,天上的箴言如是说。

我们全都熟悉八月天空的这一广告文本。有人鼓励其余的木桩升天,允许菜园去旅游,直到去奥格斯堡,甚至去更远的查克沙漠,旨在给那里患坏血病的最后众狮中之一狮提供蔬菜。

祈祷通常是去最便宜的场所,买入场券还要动心思,信这信那,但这里已生疑。这里是手指往空中一伸,或者指向别的什么地方。比如托马斯先生每天——即使下雨——都去停尸房找健谈者,他试着伸出手指让人相信,相信什么?死者为何不该讲话呢?那么多活人张着嘴就是不说呀。

谁教会木桩做这种换位思考呢?但此举毕竟很重要。木桩从南到北五次站桩，从罗马到哥本哈根，实属重要角色。为何这次又要突然起飞？扑扑振翅，发出啼鸣？需要这样吗？如今，轻金属的发明意味着轰轰轰地二三四倍嗡鸣，十六点十八分就在神庙院内着陆了，还需要这样吗？

五鸟，五只，五只，五只。堪称一大把。车辆应向别的地方开，向家里的四只猫和猎獾犬开。让我们演练四重唱，你可知道，那四叶草花盛开的地方？① 你们从博物馆拉出四管高炮吧。说不准我们还会遇到一个，但它们现在还只是四个。

五鸟，它们的童年意味着：做桩柱，投阴影，让每条狗都感到快乐，被别人数着它们的个数，够五只就打住，若七只那必须在美国才行，美国吗？——这儿开始一次大旅行了，开始持续变化了，变化的最后只是那个蛋罢了。

多种职业

谁想否定鸟脖颈，否定因为鸟嘴之故的这个图谋？取得鸟的谅解，一张鸟嘴就可以张开，以取出那无人能调换的一种光亮。这是何种货币，街上满是黄金，但都属麻雀所有。

我们无意躺在大街上，倚仗马匹为生。我们不是麻雀啊。——我们要找工作。走，我们找工作去。——烟囱属正规工厂的标配。

---

① 戏仿歌德《迷娘歌》开头：“你可知道，那柠檬花盛开的地方？”

这些鸟立马就站在一家水泥厂的建筑物中间了，工厂冒着烟，它们有点儿尴尬，肯定是不习惯啊。它们在此间没有勾留多久。当地各日报把它们的飞离称为大灾难。

到电报局去应聘，这真是愚不可及。它们再次规规矩矩地站着，听电线在它们——火车从它们身边经过——和燕子中间嗡响，对五鸟而言，没有什么东西比燕子更让它们讨厌了。一段时间，县城与首都的远程电讯联系中断了。

在波林与罗弗勒造纸厂，罗弗勒先生右手残疾，缺了五根手指。在试图录用五鸟这件事上，他必定绝望过。不过开始的时候还行。他手上甚至调换了一只戒指。可惜，在地方法院举行表示清偿诚意并交代全部财产情况的宣誓时，却出了纰漏。他同五鸟的这些事情全都泡汤啦。罗弗勒只能听天由命地举起左手。

相似的情况也发生在一个马戏团，它本是个小企业，后来规模扩大，再扩大。有人想搭一顶五杆帐篷，劝鸟们要耐心做事。它们也耐心做了，直到狗熊们骑着摩托车来到。它们就说，够了，太过分了。这帐篷把我们搞得疲累不堪了，观众还要求退票呢。

干临时工。有人将它们排列起来当桩柱使用。一家银行的大门坍塌了。在和平庆典上突然降了半旗，人们纷纷作鸟兽散。五位田径运动员被取消参加撑竿跳高比赛资格，他们把五鸟痛打一顿。

五鸟来到汉堡，占了一个码头，叫来起重机并给装运粮食和咖啡的货轮卸货。不久有人呼吁罢工。海港工人分裂成不同派别。——在这期间，出国签证来了，壮游可以开始了。

旅行和目的地

人们总是责怪那批最后的帆船。有谁相信呢。其实仅需要一个拥有空洞完美许诺的船体和从家里取来一些压舱物、组成操各种语言——除萨克森方言外——的船员阵营,最后竖起桅杆和船帆就成了一艘货真价实的完整之船了。五鸟受招雇。越洋航行历时五十七天,虽有海鸥干扰,但航行顺畅快乐。只有一次发生前桅杆与大桅杆的小小争执。中桅杆上出现一条小小裂缝,航行继续。

抵达纽约时,受到盛大欢迎。大街犹如花海。总统给五鸟各赠一顶巴拿马帽,他露出刷得十分干净的牙齿。

五鸟飞出去找七鸟,在弗吉尼亚州的一个种植苹果的农场里找到。它们加入七鸟队列,组成一道欢悦的篱笆。但农场主阿布拉哈姆·布洛特斯来了,此君热爱自由,讨厌篱笆。他随身带着锯子和锄头。他"锯掉"七鸟,把五鸟撞翻在弗吉尼亚的大地上。然后他用凶猛的斗牛犬和华尔兹舞把一切摆平得服服帖帖。

五鸟惊诧地在煤与硝酸钾之间振翅飞舞。它们再也找不到工作了。它们于是决意下五个蛋,为地球每个洲孵一个,谁知道哪些东西会在蛋白与蛋黄之间占据地盘呢?但无论如何,这些蛋会给欧洲、美洲和其他洲带去令人难忘的惊喜。

砌入墙内

我不是随随便便建个房子。我的建筑工地也不是许多人花费辛辛苦苦积攒的资财所购得的普通地基,不是在上面搭建个遮风挡雨的敞篷,随便怎么建都行。

我书斋的纵向墙内砌入了一头五岁公牛,之后在光秃秃的墙体上仔细地抹上灰泥,再往后又粉刷两次,贴上悦人的墙纸。在墙体遮挡牛头的那个部位,我悬挂一个巴洛克式的空框。

您知道我的大名以前在很多斗牛场被宣布和传扬,属于最受尊敬的斗牛士之列。但我在竞技场上受了腰伤,从此被迫把自己心爱的工具高挂在墙上了。

您必定会猜到以后的事情。我在巴洛克式框架左右两侧把自己美好的老旧武器固定住,挂上这张和那张照片,如此彰显一位斗牛竞技前辈居室的特质。我活得颇为潇洒,我丢弃了公牛,照料园里的花卉。有黄花,白花,浅蓝色花,最多是紫色花;但有一种红花我是刻意省去不栽的。我很谨慎,用篱笆围着自己,但篱笆又几乎不能封闭自己。否则来了封邮件咋办,那位亲切的邮差天天来,半军事化地向我致意——他对我的高光时期知之甚稔——并每天交给我一个轻便的信封。

我小心地拆信，读着。即使未标明寄信人，我也知道，是我当初的未婚妻又一次打开了墨水盒。我寻思，从她那里来的东西，不可能有什么好事。读这信不是愚蠢吗，还不如我给她写呢。

您必须知道，我与爱尔维拉的分手，被我视为彻底的分离，正如每个伟大的爱情一样，我们的爱情也以乏味告终。她在某天再也无法忍受我吃苹果发出很大的响声，我健康的牙齿啃咬着，在庄重的宁静中吃完仅剩下果核。她不喜欢这吵闹声，她从中听出骨头碎裂，听出某种无法驾驭的自然力折断膝盖，简言之，这有益于健康的饭后甜食对她而言无异于斗牛场中的噪声，她永远不想再听到。当时的腰伤纵然是我永不再上危险竞技场的理由，但对这事起决定作用的是爱尔维拉。要么斗牛，要么爱情，二者择一。我选择爱情。但不久我既无公牛亦无爱情了，于是就一门心思莳弄花草，或坐在空荡荡的巴洛克框架前发愣想心事。

邮件，每天来邮件。我每天复函，但对来信读都不读。我老是猜想，爱尔维拉和我一样，不同拆信刀打交道了。信，我是一沓一沓堆放着，等半年就用细绳捆扎起来。此乃勤奋写就的“使徒书简”。我为吃苹果的响声辩护，她则用美文竭力对苹果赞颂。

魔鬼对我们使坏了。某天我向她写道，我可以做出妥协，此后，饭后甜食我只吃松软的梨、李子和桃子；她要过来听一听发出的声音到底咋样。——爱尔维拉来啦。她读过我所有的信札，拆信刀天天向她披露，现在她就是要听听吃梨的声响，她甚至带着威廉阿姆斯黄梨来了。

这顿饭我们并没有吃。她刚刚踏进我的斗牛前辈书斋，我就高声嚷开了："爱尔维拉，脱下裙子！我求你，脱下裙子，你不明白自己做了啥。"我警告呼喊来得太晚。这女孩，不，这个我爱过的女子不肯脱掉这件番茄红布料裙了。墙壁爆裂啦，令人毛骨悚然！五岁公牛冲过巴洛克空框一跃而出，它用肩膀把镀金四方框从挂钩上拱掉，鼻子擤出灰砂浆和砖头碎末，它踩着踏着，着实令人极度恐惧。哎呀，爱尔维拉呼喊，哎呀，她咒骂自己刺眼的衣服。公牛强有力的头已经低下，眼睛已布满血丝；我两次跳过去，匆忙扯掉墙上挂着的纪念品，在房间空中拍打，并做出优雅的姿态。我试图使出浑身解数，把上面还挂着墙纸碎片的牛角从爱尔维拉神圣的下体引诱开。此刻我瞅见牛额头了，那牛眼我熟悉，我重新领悟了此事，这恐怖的三角形头颅啊。我让它通过。哎呀，爱尔维拉，你的裙子啊。我下跪等着。你的裙子布料像鼻子在流血呀，爱尔维拉。这羽毛笔可不能像我对它那样卑躬屈膝，那样美饰，尽管居室逼仄，爱尔维拉。倘若你听见他膝盖断了，你的心不会欢呼吧？你还老想着那些令人不快的苹果吗？它美丽的眼睛投射过来了，但它发情期已暂告结束。巴洛克画框似乎把它给框住了，框上的金箔四处飞跃，漂浮到河里，那是金箔来源地。

爱尔维拉只朝那座已然平静下来的"大山"跨出一小步，问我："你墙纸后面还有更多公牛吗？"她几乎没有吐气，用手指着那些完好的墙壁。“有一百头!”我回答,“脱掉裙子吧,爱尔维拉。你那布料在一百头公牛三角形头部前飘啊,很刺眼呀。”

她当场飞快地脱掉裙子。比这摩登裙子更多的东西也全都脱掉了,一来为躲避那些破壁的强力,二来为体验我对她的救命之恩。

如今,爱尔维拉成了我妻子。她打理花园,照护儿子。我们请人把墙修补好了。墙纸后面没有公牛做梦了。巴洛克空框也不再等着挂上一幅画了。可是,我又重操旧业啦。斗牛广告牌上又写上我的大名啦。谁想给我一个惊喜,就得在海港旅馆给我找一间房。我坐在那把粗糙的椅子上,在一个半暗且潮的“洞穴”里,大吃特吃苹果“打牙祭”,观察苹果上的咬痕,一再证实我的牙龈出血了。

左撇子

埃里希打量着我，我的目光也未离开他。我俩手执武器，并且决定用武器击伤对方。子弹已经上膛。我们拿着长时训练并测试过、训练后又做了仔细擦拭的手枪瞄着对方，冰冷的金属慢慢热了起来，最后，这个射杀铁器显得并无危险。某人不是可以这样拿着一支钢笔或一个分量很重的钥匙、叉开黑皮手套对着某个阿姨就会把她吓得惊叫起来吗？可我内心从未形成那种想法：埃里希的手枪是假的，无害的，是个玩具而已。我也明白，埃里希每时每刻都没有怀疑我手枪的严峻性。尤其是半小时前，我们都把手枪拆卸，擦拭，再组装，子弹上膛，打开保险机。我们可不是梦想者。我们那个不可避免的行动地点，被定在埃里希的周末度假屋，因为这个一底一楼的两层建筑从最近的车站也要步行一个多小时方能抵达，堪称偏僻。我们相信，任何不受欢迎的耳朵——从这个字眼的真实含义上说——都会远离射击的枪声。我们腾出客厅，从墙上取下画作，大多是描摹狩猎情景和猎获物静物画。子弹不能对准椅子、暖色光亮的五斗橱和带有华丽画框的油画。我们也不想击中镜面、打碎瓷器，只瞄准自己。

我俩都是左撇子，是在协会上认识的。您知道我市的左撇子们就像所有被一种类似的身体残疾压抑的人一样，也成立了一个协会。我们定期聚会，尝试对另一只手进行训练。遗憾的是，那手的抓拿动作很不灵巧。一个惯用右手的善良人有一阵子给我们上课。可惜现在不来了。协会主席团的先生们对他的教学法提出批评，认为协会成员应自力更生，改学方法。于是我们共同结合在一起，非强制性地做着专为我们发明的协会游戏，以测试右手灵活性：用右手拿线穿针眼，倒饮料，解开或扣上纽扣。我们的规章有言：不练到右手和左手一样，我们誓不罢休。

不管这句话多么漂亮，多么有力，但纯粹是百分百的荒唐。我们永远办不到。左撇子协会中的极端翼早就要求删去这句话，取而代之写上：我们要为左手而自豪，不为与生俱来使用左手而羞愧。

确定无疑的是，这个口号也不对，只是激情或某种慷慨大气的情感才使我们选择这样的说法。我和埃里希均属协会的极端派，但都心明似镜，知道我们的羞愧是何等根深蒂固。家中父母、学校、后来从军的时代都未能敦促我们学会一种姿态，即大大方方地容忍这一微不足道的怪癖习惯——与其他广为流行的不正常现象相比，此习惯实在不足挂齿。它始于童年时与人握手。那些姑妈姨妈、叔叔舅舅、母亲的女友和父亲的同事，他们都是不可忽略，致童年天际线阴暗、恐怖的家庭照相机，必须同他们一个个握手：“不，不能伸非礼的小手，乖孩子。你得伸右手，那只美好聪慧、灵巧、唯一正确的小手！”

我十六岁时，第一次抓住一个女孩："哎呀，你是左撇子呀！"她失望地说道，一面把我的手从女衬衫里抽出来。此类记忆犹存，倘若要把这箴言——埃里希和我所撰——写进我们的书中，那也仅仅是用它尝试性提及一种确实难以实现的理想罢了。

埃里希现在紧闭双唇，眯着眼睛，我的样子跟他无异。我们下巴肌肉抖动着，额头皮肤紧绷着，鼻梁变窄了。埃里希这会儿犹如一名电影演员，我从许多冒险场景中熟悉了他的容貌。我会相信我身上也贴上了与这类银幕英雄那令人不快的相似性标签吗？我们外表要凸显愤怒，令我高兴的是，没有人会打量我们。他这个不受欢迎的见证人不会相信两个具有浓烈浪漫天性的青年要决斗吧？他俩都有一位强盗般的未婚妻，一个会在背后说另一个的坏话。一代一代延续下来的家庭敌对，为名誉而决斗，那生死攸关的血腥赌博，只有仇敌才会这样对视哩。瞧那紧闭的苍白嘴唇，那不可妥协的鼻梁呀。他们咀嚼着仇恨，这帮嗜死癖啊！

可我们是朋友。即便各人从事的职业大相径庭——埃里希是一家百货商店的部门领导，我则选择了精密机械师这个报酬优渥的职业，但我们可以历数许多共同的兴趣，这对维持长久的友谊是必不可少的。埃里希参加左撇子协会比我要早。我对那个日子还记忆犹新，彼时我很腼腆，穿着过于正式，走进这帮人常聚的酒馆，这时埃里希迎面向我走来，对我这个怯生生的人指了指衣帽间。他很聪慧，绝对不带讨厌的新奇感关注我，然后用他特有的嗓音对我说："您来我们这儿要放心，完全不必慌张，我们聚在这儿，目的是互助啊。"

我刚刚也把他们称为“单方面人士”。这是我们相互的正式称呼。但在我看来，这个称谓与大部分规章一样，是失败的。它说得不够清楚，什么东西把我们联系在一起，什么东西本应强化。诚然，我们若简洁地称作“左手”，或者叫得更好听一些，叫“左手兄弟们”，那就更好了。您一定会猜到，我们为何硬是不肯把自己登记在这些称谓下方。没有什么东西比之于把我们与那些确实值得同情的人进行比较更不妥更伤人了——大自然对那些人隐瞒了唯一的符合人格尊严，亦即满足爱的需要的机会。我们完全相反，是个由五光十色个体组成的社团，我可以说，我们群体里的女士们能接受惯用右手的女士们的美丽、妩媚和优雅姿态，是啊，人们经过仔细比较，得出一幅风俗画，让某些关心其教区心灵福祉的教士们在布道坛喊出：“哎呀，诸位全是左撇子该多好啊！”

这个不幸的协会名称啊。连我们协会第一任会长，这位市政府土地登记局的高级官员，一个过于喜欢做家长制思考，可惜又负有领导责任的人有时也让步了，说什么我们不要名称漂亮，现在还缺左撇子呢，我们既不是单方面人士，也不是单方面思考、感觉和行动的人啊。

当我们抵制一些所谓更好的建议，而且以前根本不敢这样自说自话，这时政界方面的疑虑就跟着说三道四了。国会议员们从中心倾向左右两侧，单凭议会大厅的座椅排列就显露出我们祖国的政治局势了。在这之后，一篇文章、一次演讲多次出现“左”这个小词，就会被捏造成危险的极端主义，这已成了习惯。在这方面我们倒是可以平心静气。我市如果有某个社团没有政治野心，只是为了社交和互助，那就是我们协会了。再者，为了打消人们对这里只搞色情歪门邪道的猜疑与讽刺，我只在此简单提一句，在我们青年群组的女孩中间，我觅到自己的未婚妻。一旦找到空置的居室，我们就结婚。倘若有朝一日最初与女性交往给我情感造成的阴影消逝了，我就会将此归功于莫妮卡的善举。

我们的爱不光要应付众所周知、许多书籍所写的种种麻烦，还必须克服手工操作的痛苦，甚至要对其美化，旨在达到我们小小的幸福。我俩怀着最初的可以理解的纷乱迷惘心绪，试图使用右手让对方舒适，但发觉这麻木似的手感不敏，于是只好换手抚摩，就是说，用上帝给我们创造的灵巧行事。我不想披露太多，也不希望说得过于轻浮，此处只暗示一下，是莫妮卡可爱的手给了我力量坚持下来，并让我遵守诺言。在我们首次看完电影后，我就向她保证，我会爱护她的女孩特性，直到我俩把婚戒——此处遗憾地作额外补记，强调的是我们天性的笨拙——戴在右手的无名指上。在南部一些天主教国家，婚姻这一黄金标记戴在左手上，这是些阳光强烈的区域，此举可能是象征心脏重于智性。在我们这里，也许是出于对女子特性的反叛，也许是为了证明，当女人的利益受到威胁时，人们为她们陈述理由的方式是何等单一，所以我们协会年轻女子才辛勤地加夜班，在我们的绿旗上绣上铭文：心脏在左侧搏动。

莫妮卡和我经常谈起交换戒指的时刻，并一再得出相同的结论：即使我们早已成为勇敢的一对，大事小事一起分担，然而面对这个愚昧、常怀恶意的世界，我们可能被视为不配做新婚夫妻。

莫妮卡不时为婚戒之事哭泣。不管我们为自己大喜日子在即多么开心，但所有礼品、摆满餐具的桌子以及与之相适配的庆典氛围都将被一抹哀伤的微光笼罩。

埃里希这时再次展露他那标准而英俊的面容。我也放下身段，然而有一阵我总感到颌骨肌肉发生痉挛，尤其感觉睡眠时的震颤。不，做怪相、扮鬼脸与我们的个性不符。我们对视的目光更平静了，更刚勇了；两人瞄准，相互指了指对方的左手。我信心满满，定能一发中的。埃里希的枪法，我也是觉得很准的。我们练习够久的了。几乎每一分钟空闲时间都在城郊那个荒僻的采沙砾场中度过，旨在今天——诸事猬集的今天要决出结果——不让手枪失灵或哑火。

你们可能会喊叫，说此举近于暴虐狂，不对，这是你们的自我曲解。你们相信我吧，这一类理由我们知之甚详。没有哪种罪行是不受我们责备的。我们站在这个被清理过的房间也不是第一次了。我们带武器在此对视过四次，但被我们的计划吓怕了，于是，手枪垂下了四次。直到今天我们才有明确的决断。近期发生一些具有个人特性之事以及协会活动让我们有理由必须这样干了。经过长时怀疑之后——我们对这个协会、对协会极端派的意愿提出质疑，现在终于拿起武器。人们惋惜之情不可谓不强烈，说我们不可能再与他们为伍了。但我们的良心诉求要与协会同伴的习惯保持距离，内部的宗派主义在扩大也罢，最理性之人与耽于幻想者，甚至狂热信仰者相互混杂也罢，一部分人向右仰望天庭，另一部分人发誓左倾也罢。我从不相信的东西是，政治口号会从一桌到另一桌不停地呼喊，那种讨厌的崇拜，即对意味着宣誓、对用左手钉钉子的崇拜会受到如此的维护，以至某些协会主席团会议就像一次狂欢似的，果真到了通过着魔似的强力锤击进入极度兴奋状态的时候了！即便无人大声说出，而且那些公然堕入恶习的人被断然开除，但不容否认的是：同性之间那种颠倒、对我而言不可理喻的爱在我们这儿也觅到了追随者：我与莫妮卡的关系也深受其苦。她老是同女友，那个动摇不定、跳跃式的小妮子混在一起，以至我不相信，我们之间还是以前那种信任的关系，莫妮卡还是我以前臂弯拥抱中的——我现在对她拥抱日渐稀少——莫妮卡。

这会儿埃里希与我，试图同频呼吸。在这方面我们越是一致，就越能确认，我们的行动是受美好情感指引的。你们别认为，这是《圣经》劝导人们排除烦恼的箴言，倒不妨说是那种炽热、永续的愿望：即弄清事实的愿望，更要弄清我周围的情况到底如何，要弄清这个命运是无法更改还是可以掌握？可以介入吗？能给我们的生活指出正确的方向吗？在我们，不再存在幼稚可笑的禁令了，也不存在捆扎带和类似的诡计了。我们要诚实守正，自由选择，没有什么能阻挡我们摆脱庸常事物，我们要有新的开始，要有一双幸运的手。

这会儿，我们呼吸一致了。无需任何暗示，我俩就同时开枪了。埃里希打中，我也没让他失望。正如事先约定，每人打断对方最重要的肌腱，这样就无足够的力量持枪，枪就掉落地上了，如此，每人再打一枪就纯系多余。两人都笑了，我们伟大的试验就这样开了头，够笨拙的，那是因为只能依靠右手缠急救绷带呀。

护　齿

我向您吐露一个秘密:有人用了我的牙刷牙膏。我住一个旅馆房间,有职业工作,所以不能像旅馆大多数住客一样照管我的房间,连同箱子、柜子,堆放半满的书架、唱机、唱片集和卫生间里的小工具。

我不知那人是否从窗户爬进房里,房间紧挨着平屋顶下方,要进房随时都有可能;要不,就是某个旅馆工作人员了?当然,我不敢对泰兰特先生谈这事。泰兰特先生坐在下面看门人小间里,多年来给我送邮件递钥匙。我每半个月交给他房租,他是旅馆里唯一能倾听我诉求,亦即在旅馆人员中慎重做排查的人。我几次开口说话,一面不假思索地指了指钥匙,想用开玩笑的口吻表达我的怀疑。我的天啊,若是两只鞋子、一支钢笔什么的,我会到他那里直说如何如何!可对牙刷,我只能三缄其口。

我是在一个周日早晨发觉此事的。美好的心情激励我从床上一跃而起。我同未婚妻已约定,开车去郊外,中午吃野餐。可谁知,有些事就是办不成呢。我匆匆忙忙做完日常的早操,以便彻彻底底清洗一下身体。对我的未婚妻而言,没有什么东西比在她面前疏忽个人卫生更令她难以容忍了。我刚浴毕,颇觉神清气爽,揽镜自照,却突然生了疑。倒不是发现镜中的什么了,而是觉察到一种变化,一种难以言宣的厌恶迫使我放下镜子。对,我就是要与我这把牙刷、我完全确信被人胡乱使用过的牙刷保持距离啊。这个周日我就弃用牙刷,老是漱口,听到未婚妻在背后抱怨,比如:“你口臭,臭死啦,赫伯特! 你岂敢这样来我身边,我真不理解。”

这期间我不得不买了三十六把新牙刷。不是定时,但每周至少有三次,卫生间小桌上的光景触及我,我好恶心。我确实不是个气量狭小的人,我猜想干这事的可能是某个小孩,要么是个胆大的女孩子,细心地清洗我的牙刷,好让我心满意足。可是谁能向我证明不是那些放荡粗野、百事不顺之徒中的某人破门而入并偷窃了最私密的日常用品呢?

几个星期过去了,我的牙刷消耗与日俱增,我迫不得已,把我以前用于无害娱乐的开支拱手献给某个“梁上君子”了。但不管怎样,我同未婚妻的争吵也与日俱增。身为一个急躁、怀着最隐秘的激动之心观察世情的汉子,我已无法控驭弗兰西斯卡——未婚妻的名字——这个欢天喜地、充满生活乐趣、货真价实的魔女。如果说以前我们计划何时结婚成了后来某时产生小小歧见的诱因,那么如今她热切盼望尽快举行婚礼就成为严肃的反目绝交的由头了。我本来愿意一年后娶她,借助不久即可指望的加薪好好准备准备,但她硬是要把婚礼放在复活节,也就是十四天后。我那尴尬的牙刷故事——我不得已对她做了告白——给她提供了无法辩驳的理由,比如:“你在你的破烂小木屋里变得十足的呆头呆脑啦,已到我按法律行事的时候了,这样继续下去不行啊,赫伯特。你口臭,是啊,臭死了。你到底干了什么?你一定没有对我讲真话。谁知你夜间去哪闲逛厮混呢。”

让我再作一点补充。其实没有谁动过我的牙刷。我已经结婚了,弗兰西斯卡是个好女人。然而她的一切魅力和女性的华贵也未能阻止我偶尔怀疑地瞅她一眼,而且说出我的胡乱猜疑。她是职业运动员出身,登山的成绩一直优秀。原来就是她通过无法控制地使用我的护齿用具逼我提前步入婚姻殿堂呀。

在隧道中

在布赖特舍特先生对面，坐着一位身穿运动式雅致服装的小姐。她正在阅读一本书，书里的文章布赖特舍特似乎已经明白，就是说她不是外国女孩，或许属有文化教养、周游世界并会德语的人士之列。倘若布先生张嘴说话，这些人对他的滔滔不绝完全可以领会。

在车里同一位阅读者搭讪，殊非易易。火车轰隆隆蜿蜒地穿越瑞士。车外五彩斑斓的景致引人入胜，美如外国巧妙的广告画。山岭高耸入云，剪开美好天气的云彩。山谷愈益狭窄了，花斑奶牛，还有出门远游的山谷牧人那同样间杂着花斑的乡愁，都在享用着绿草。

那位小姐读的书本质地厚实，是薄纸印刷版本，布先生确定是薄纸印刷版本。薄纸印刷这个字眼告诉他，这十分适合于这位沉溺其中的旅途伴侣。她身着一件润肤膏色、有透孔的女衬衫。乳罩的制作似乎意在突显乳峰。火车在攀升，人也是。布氏对即将到来的圣哥特哈德隧洞颇为高兴。他知道这个朝向南部的隧洞潜藏着一种氛围，亦即拉近与对面旅客们的距离、提供与他们交谈的小跳板。他在戈圣伦站就已叫人从打开的车窗给他递上一只火腿面包和一杯牛奶咖啡。接着又将车窗玻璃使劲朝上推，他不得不穿上夹克衫，接着又脱掉，这使他很不好意思。车里又用双语播报开车了，这隧洞旋即将所有去艾罗拉①和更远的旅人吞没。在他耳朵里，情况变得狭窄、朦胧了，他身体朝后靠了靠，各种话语、造句、人工瀑布似的词汇高高堆砌，继而倒塌，紧接着又让新的、难以言宣的话语丛生，这么一个隧道，漫长单调得像个星期天。大概是停靠在山旁——山，这被钻得满是百孔千疮的尸体啊。布赖特舍特内心酝酿的顶尖恭维话、苦心构思的温情及建议都发展到了这个地步，以至他眼前浮现里米尼②一家宾馆及其朝向蓝色亚得里亚海的海景房，然后她、我们俩，然后，我们俩……布氏一切内心活动作为沉默寡言的无名火悄然溜走了："她在这薄纸版本书里读什么呢？她对我有兴趣吗？她不喜欢我？就因为我不当地关窗？窗被卡住，这是我的过错吗？"

对面的小姐合上书本，把阅读的目光引向窗外，她指称大自然说："我们这会儿在隧洞里吗？"布氏大声说"是"，把这个"是"说得山响。她跷着文有灰色方格图案的二郎腿："还会久等吗？"

"不会的，"布氏很知情，答道，还补了一句，"不会久等了，小姐。"他马上张开大口，笑得很夸张，然后才慢条斯理地把笑容收敛起来。最后只有车笑，山笑，或山笑，车笑，轨道笑。隧道拐了弯。两人所余者，唯倾听隧道朗笑而已。布氏同样跷起二郎腿——起先担心烫出的裤线受损——之后，他费了九牛二虎之力才挤出一小句：

① 意大利城市名。

② 意大利城市名。

“请您注意，小姐，我们钻出洞，外面就见阳光了。”随着这个预言布氏欠了欠身，有点顾忌地叉开两腿，以便通过真诚的对满是洞眼的女衬衫、薄纸版本和亚得里亚海的满口夸赞给隧道最后一段留下一点意义。——这时外面亮了，太亮了，没有幽默了，有的只是牛奶一样的窗户——下雨了。

布赖特舍特和身着运动衫的小姐这时分开坐得远远的。前者发现她那女秘书一样的手指间夹着一支香烟，可惜发现太晚，她自己点火吸着了，一面又打开薄纸版本书。布氏费力劳神地思索良久，是否要给她打开薄铁皮烟灰缸呢，但他最终还是罢手。他把手伸进夹克衫口袋，摸到那只屡试不爽的小圆盒，向空手里倒了点什么，并拍进嘴里，一股带薄荷味的悲伤向他袭来。

我喜欢站在自动扶梯上

刚才，我送玛丽亚上了去不来梅港的特快列车。我不能老是立在站台上，充当发车的见证人。玛丽亚和我都不愿留下来，当几乎总是准时的铁路的牺牲品。

我们平静地拥抱，然后松手，仿佛只是小别到明日。这会儿我穿过车站大厅，碰撞到人，就说“对不起”之类的客气话。为时已晚，一支香烟诱发我的烟瘾，我并未拿口袋里的小包香烟，我缺的是火柴，必须去买啊。

那我就得等待。自动扶梯只是慢慢腾腾吸纳那些身着秋衣的旅客。这时我也加快步伐，站在排队行列中，被夹在两个穿涂胶雨衣者中间，雨衣在呼吸着潮气。我喜欢站在自动扶梯上，我可以全身心地奉献给那支香烟，犹如那一缕轻烟往上升。对机械的信任感充溢在我内心，我上面和下面的人都不要求同我说话。说话的是扶梯。各种想法列队而来：玛丽亚这时可能已到城郊，列车可能准时抵达不来梅港。但愿她没遇到什么麻烦。舒尔特-弗格桑说，我们对他完全可以放心，那边的一切也会很顺利。我们如果取道瑞士会不会更好呢？有人对我证实，弗格桑为人实诚可靠。据说他为很多人工作过，一直未出纰漏。玛丽亚——她仅仅短时受聘在我们这里，为何该轮到她倒霉呢？

我前面的那位女士在抹眼泪，啜泣。

我向后投去一瞥，在我下方，但见一顶顶帽子紧密相接，自动扶梯开端处的一群人也只由帽子组成。我不再听任人脸细部特征对我的摆布，这对我真是好事。所以，我目光也就不朝扶梯上行方向扫瞄了。我在这当口想转身，但转不了。在上方，两边配备硬质胶皮带的自动扶梯吞噬了自己，彼处人流摩肩接踵，帽帽相连，但他们一一远去了。有两位先生伫立彼处。毫无疑问，他们严肃认真的眼神是为我预留的。我既无再转身的念头，遑论对着逆向拼命向上的自动扶梯和我下方的帽群走开。你只要乘坐自动扶梯，你就会体验到这种可笑的安全感；只要有人紧贴你前胸，又有人粘住你后背呼吸，他人就休想挤到当中来了。

自动扶梯的踏面变窄了，我稍微后退一点点，唯恐足尖卡进突出的硬质胶皮带边缘。我如此安全地走出扶梯，还是挺庆幸的。

两位先生喊我的名字，证明自己的身份，并微笑地向我透露，玛丽亚乘坐的快车会准时抵达不来梅港，会有几位先生等她，但会不会给她献花，这可说不准。效率真高，我的一支烟恰好吸完了。我跟着两位先生走。

自卷的香烟

我吸烟，还是个左撇子。只需要小纸片和烟丝。涂胶纸的内沿把卷烟者与外部世界隔离开来：产生了与享用成品烟烟民的距离，他们无时无刻不担心，最近处的那家自动卷烟机卡壳或损坏。

天父从虚无中创造出我们后，
他也自己卷烟抽。

中指和食指沿纸片中间折痕夹住纸片；另一只手的大拇指、食指和中指将烟丝揉捏成小香肠一般的小堆，小堆的量由心情而定，揉捏根本不必匆忙（俨如这世界不会继续沉沦）。

这是伸手来回拨弄面包屑、黏土和其他杂物的动作。
我在母腹中就以替代方式转动了。
不是去拿成熟物——而是使成形的东西变形。

这时,左手食指和中指将已捏成形的烟丝放到纸片的中间折痕上,另一只手撑托着纸片。别老是匆忙行事,因为这样可赢得时间,在尚未吸烟的时刻,某种重要观念可找到它的针眼。

因为口号受人青睐,所以我保留一个说法:自己卷烟就等于吸了一半。因为我经常中断那漫长的过程:胡乱涂鸦画东西,打字,逃进某个遥远的世纪。

终于——时间在这中间流逝——左手拇指、中指和食指,或右手相对称的手指头拿起了平放在纸片里的烟丝,放在大约与肚脐等高的高度。

当然,人们会谈论伊万及其马合烟
(用真理报纸卷的香烟)。
或者忆及祖父,
他(在凶险的时代)也自卷香烟:乃自己的种植。

卷烟时,要断然除掉烟丝中那些不能顺从配合的烟丝,只有等烟丝在纸片中牢固结合直到卷成才用舌头濡湿,但不要过于仓促,要有给纸片外沿慢慢涂胶的感觉,以对抗起撑托作用的食指的阻力。

除了一种新宗教外,我们大众所缺的

是荷兰销售的一种卷烟纸,

此纸虽未上胶却有黏性,吸烟时因唾沫而染成浅褐色:

一点也不比无趣的过滤嘴逊色。

对初学吸烟者而言,困难之事是敲击烟卷湿润的纸片外沿,但不能放弃卷紧香烟所要求的均匀压力。这当口需要再润湿一下粘贴缝了。又一个婴儿此际出生啦。

为了不让烟丝呛舌头,我把自卷烟

左端捻成尖形,这样味美,因为

被湿润小纸袋吸收,吐出的烟雾变凉,

那种神韵真是超凡脱俗,美不可言。

玛丽亚拍完我卷烟的照片后,我就给她讲又想成为吸奶婴儿的美髯公的故事,讲时希望诱发所有附带的愿望,结果玛丽亚给自己也卷了一支:我俩现在都吸自卷烟了。

自卷烟便宜,有趣,又消磨时光。另外的优点:

比如,人们掐灭的自卷烟蒂各不相同,但总有点多愁善感;

我的烟灰缸每天给出答复,

说出我的危机是否有了进展。

故 事 小 集*

* 《故事小集》1968 年出版时署名阿图尔 · 克诺夫。作者简介称其 1937 年生于西里西亚,《故事小集》是其处女作。作者像用的是君特 · 格拉斯妻子安娜的男装照。君特 · 格拉斯在《剥洋葱》中承认,自己第一次世界大战中阵亡的大舅叫阿图尔 · 克诺夫,他假借其名,是向这位想当作家的英年早逝的舅舅致敬。

故事啊故事

我们所有人都只是点头之交，并非人人都要彼此致意问安。我们开始交往，然后就中断了，反正患有核心圈失落的毛病。有时我们用菜单和交通事故交换彼此的姓名和城市。我们的纲领可惜弄丢了。我们免费获得资料。因为对经济繁荣抱怀疑态度，所以滞销商品对我们就有了用场，比如：深沉地梦见猪肉，鞋子太挤脚，嘉年华各种习俗。我们经常记忆混乱地想起克莱斯特①在维尔茨堡，想起哈雷河畔的萨勒，食品市场，1959 年复活节大游行，也想起在西梅尔博士家的彩色幻灯片晚会，但难得想起战争往事，最频繁想起的，还是我们的出身之类。我们中有几位是被杜撰的，更多的是被赠予的。人们不妨大声阅读我们。我们就是故事、故事啊。

---

① 克莱斯特（Heinrich von Kleist，1777—1811），德国戏剧家，小说家。1800 年 9 月至 10 月间，克莱斯特中断大学学业，去维尔茨堡旅行。关于此行的原因，后世众说纷纭，莫衷一是。

苏 珊 娜

我不是坐在灌木丛后面，是面对《罗马太阳神》报而坐，我并未阅览此报，但从美国各报得悉，大学生已停止罢课，那位校长已退位，现已恢复平和安宁了。我不必读报了，我能越过报纸上缘进入心仪的宾馆花园，那里风儿敛迹，被矮树篱和矮墙围起——不必回溯思考了，因为她就坐在那儿，像我一样，坐在藤条安乐椅上，但只勉强地坐在椅子的边缘，好像讨厌身体向后靠似的，我呢，则感受一下粗野做派，叉开双腿。她曲身而坐，上体罩住双腿，双臂向旁侧晃动，那手臂真是长啊，两腿同样长得吓人，仿佛是从花园草坪里长出来似的，套上这个季节的白色长筒袜，像蛆一样灰白，长度正适合这个季节行下蹲式屈膝礼。浅黄色头发也很长，无波浪，就那么挂着，遮住了脸部轮廓连同孩子一般扇动的鼻梁以及流行的噘嘴。她坐在我不熟悉的那些热带树木下，没有动弹。树木将淡紫色的鲜花撒在草坪上。此处为半阴凉环境。远处的矮树篱后面，出现了一个宾馆服务员。宾馆屋顶下的敞廊里，有几只鹦鹉在彩色鸟笼中喧嚣。蓦然，鹦鹉沉寂下来了。这，保准是因为她在韧皮纤维袋里翻找并找到了火柴，继而让火柴一根接一根燃烧。她做此事毫不匆忙，但也不停歇，让每根火柴渐渐熄灭。她右手拿火柴，用唾沫将左手二指濡湿，以便抓住已然变黑，但仍有余热的火柴头。这会儿她垂直地拿着火柴，让它燃尽，直到它变弯曲。这会儿又点燃下一根，这会儿又用唾沫濡湿两个左手手指，这会儿火柴烧得变弯曲了，这会儿……如此反复做了六十九回，我数过的。但每回也略有不同。这当口她又坐下，呆愣，力竭，双臂下垂。这当口服务员端着一杯褐色、大概是可可饮料来了，她用左手两个指头从饮料中捞出小冰块，在上过油漆的桌面薄板上擦拭小冰块并扔到花圃里，这当口她才稍微喝了一点儿。这当口她以大长腿支撑站起，然后走开了，对四周不屑一顾。她身穿一件类似男衬衫、长及膝盖的女服，横穿宾馆花园而去了。此际，老先生们从矮树篱四面八方跳过矮墙蜂拥而至，围在空荡荡的藤条安乐椅四周，我同这些白发苍苍的老者围着烧得弯曲的火柴打闹着玩儿，我们一面骂着，一面费劲地数着。我拿到六根完好、很少折断的火柴，将其抢救回宾馆房间，置于大理石贴面的五斗橱上将其研细成火药。——

但有效的工作只做到日落之前。

比基尼环形岛[*]

1946年6月12日①，农夫马蒂亚斯·托尔纳离开他的农家院落，这是个占地面积很大的庄园，尽管偏僻，但隶属洛奇小镇，该镇位于布赖埃尔与温罗附近的荷兰边境之间。

托尔纳种了许多芦笋，就在上午，他手下的人们还用铲子挖出很多并将其分拣呢。

他从工具棚大约走了两百步，穿过一块被仔细分成零星小块的萝卜地，直接伫立于田地中间，从宽体短上衣左边口袋掏出指南针，从右边口袋拿出怀表，借助指南针，他转身对着东南方向，多次调整其站位，注视怀表，起先盯着分针看，接着看秒针，然后目光离开怀表，越过平原，那涂抹出灌木丛、白杨树、单个农户院落、村庄、焚毁殆尽的坦克和电线杆等种种图景的平原，直达天际线，又掠过天际线远眺色彩单调的苍穹。

当东南方向并未出现广播所预告的被称为蘑菇云的东西，马蒂

---

* 位于太平洋赤道地区。

① 第二次世界大战后的首次核试验发生于1946年6月30日。

亚斯·托尔纳就将指南针和怀表放进上衣口袋,转身穿过萝卜地,一边走一边俯身拔了两次草,即便到家门口也没再回首。

斯拉夫语言研究者

汉斯-彼得是家中独子，长得人高马大，四处闲站着，将近十五岁。他的父亲身为代表团团长受命举行一次招待会，汉斯-彼得远离招待会，离开这幢孤寂的白墙破屋，它位于当时尚未铲平的勒尔特火车站废墟①附近。汉斯-彼得拿着一瓶插上麦秆吸管的汽水从这批四处站立的司机身边走过，过毛奇大桥②进入晚间动物园。受邀的客人笃定地站着，不断交换谈话对象，这拨成年人把他赶出屋子，他就拿着汽水一步步走进动物园，当时动物园补砌的墙壁尚不及胸高，四周边缘一直荒草萋萋，他马上忍住了泪水。虽离开代表团驻地，但灯火明亮的破屋也不远，举目可见。汉斯-彼得在一条近期设置的公园板凳上坐下，开始从麦秆吸管里节省地吸着。一个穿大衣的汉子像是从灌木丛中钻出，挨着他坐到板凳上并且对他寒暄："夜色真美，不是吗？"这时他没有惧怕，或者说并不多么惧怕。这大衣男问了他的名字，立即就叫他汉斯-彼得，还向他讨一口"果汁"喝，

① 在战争中严重受损的柏林勒尔特火车站于1957至1959年被拆除。

② 位于柏林施普雷河上，在现德国总理府附近。

他也就把插了麦秆吸管的半瓶汽水递过去，但当他要回瓶子又把麦秆吸管翻转过来，此刻他希望，但愿大衣男在黑暗中不会发现他这一姿态。还没等汉斯-彼得起身把空汽水瓶放到板凳下——但两人共用过的吸管根据大衣男的愿望他决定赠予——还没等他稍稍长大一点点，回到他父亲的白色破屋和代表团团长举办的招待会，大衣男海因兹就问汉斯-彼得："你将来想干啥呢？"汉斯-彼得尚未将麦秆吸管当作礼物相赠，答道："我要攻读斯拉夫语文学。"

爸爸想再婚

爸爸打算再婚,我们都反对。倒不是因为妈妈,只是不同意。吉塔毕竟为他,也为我这个彼得哥做了两年饭菜。这对于当时只有十四岁的小姑娘来说实属不易。就在一年服丧期后,我们任由爸爸自由,不论在外在家,一概如此。他想带谁就可把谁带回来。初始令我不解的是:大清老早 7 点钟,吉塔就把早餐端到他及其情妇床前,然后还得赶去上学。我要是对吉塔说"你太过分啦",她就怼我:"就是要让他们放下心来瞧瞧,这儿到底是谁掌管家务。"此外所有的时间,我都尽量不闻不问,特别对那些女人,佩尔泽小姐也罢,维什纳夫斯基小姐和封·沃尔佐根女士也罢,这都不是我该管的事情。爸爸的胃口好得出奇,吉塔也随之吃得更多,她把早餐端上去后,就在厨房里笑得直不起腰来。爸爸首次带茵格来家时,我就琢磨:你瞧,这次就不同吧。她更年轻——准确地说,比我小三岁零两个月,此其一;其二,她对我,甚至对吉塔都不用亲切的"你"称呼;其三,她让我立马就喜欢,也不光是外貌。本来,第一时间就是最美好的时光啊。有时她还辅导我学拉丁文呢,但从不居高临下,更多的是平等。茵格从不待到早上，而吉塔又不端早餐。爸爸精疲力竭，以至当我忙了漫长一整夜，他什么也没察觉。吉塔则不然，她早早闻到油炸的声响了，道："别干这些杂活儿啦。你要是有困难，就充分利用一下爸爸呗，讲清我们面临的实情不就结了。"我就"添油加醋"：对啊，讲得真好。茵格开始占领厨房了。第一，因为吉塔在校鸡毛蒜皮之事多得很；第二，因为茵格真的很懂厨艺；第三，因为这是茵格想好的计策。茵格纵然一直不在这儿过夜，但这倒不如说加重了我们的怀疑：她要设法博得我们的好感呀。当我直截了当去到博肯海姆，上门责问她，她对此倒也承认。起先她装作成人模样说："这话就当我没听见，彼得。"然后，在惯常的一场狂吻后，她就说起她的女店主来了："我要是被解雇，咋办？"我坚称："那就干脆来我们家。"茵格未被解雇，我每周到博肯海姆两三次为她操心此事——当女店主问我，我就说是茵格辅导的学生，这话还真管用，爸爸蒙在鼓里，一无所知。大约四周前他结结巴巴说"要和茵格结婚"，说的时候面呈童稚般的尴尬表情，这时我们说：不行。吉塔现在烹调技法更棒了。茵格从下学期开始要去吉森上大学了。我已答应周末去拜访她呢。

我的马克斯*

不进博物馆，也不去图书馆，而是溜进冷冰冰的宾馆房间①，目的不是为拆开那封信——他长长的手指把信推到一边，而是大衣未脱就立刻写日记：有人在林中向某人问路，此人双手沾满鲜血，因为他刚才杀人了……他很喜欢这句无法推翻的话，咀嚼它就有更多的味道。他独自再次读着，一面回忆：那痛苦犹如紧裹在身上的大衣无法摆脱……他受够了，脱掉湿漉漉的双排扣大衣。他没去拿桌上那封信，也没去拿床角边书架上的黑格尔像，因为黑格尔的犯罪概念——他写道：完全就是我的概念……然后，他没用拆信刀就撕开信封。展信一读：我的小儿子马克斯死了。房里充溢着来自汉堡的稚嫩声音：我也想喝葡萄酒，也想喝葡萄酒……目光一览无余。我的马克斯。信上不谈血斑，不说可摘引的梦幻，信上只写着，他再也吃不到面包、牛奶、核桃，随着稚嫩的声音响起：我也想喝葡萄酒……我不

---

* 马克斯(1840—1843)，德国作家弗里德里希·黑贝尔(1813—1863)和伊丽泽·雷恩欣的私生子。

① 马克斯 1843 年 10 月 2 日去世时，弗里德里希·黑贝尔在国外旅行。

能让他在阴间还那么俊秀可爱,应让他生虫,我自己也变成虫,对他表示我那可憎的哀悼:我的马克斯我的马克斯……①

她给他在信中夹寄了一绺黄色的鲜活的卷发。他用粗糙的手掂量着发绺,这东西咬啮着他的心,扼住他的咽喉——想成为蠕虫,她希望他保留这发绺,我的马克斯,请保留它吧,它迫使他在桌上,在信上,在黑格尔身上呕吐了许久,但没吐到他的书上。很长一段时间,这依然还是黄色的头发在他的呕吐物里让他惊恐不已,之后他独自写下:青蛙从来不会脸红……

① 弗里德里希·黑贝尔1843年10月24日的日记写道:"我的马克斯,我那可爱的,微笑的天使,带着他深邃的蓝色双眸,他甜美的金色卷发,逝去了。"

佩尔森尼克与普洛埃茨公司*

如今，他们提出，古特曼缝纫丝线公司①所占市场份额应归他们所有。这一切始于一根细绳，就是以前孩童经常、现在愈发稀少用来牵引风筝高飞的那种质地那种强度的细绳。佩尔森尼克打小就独自一人，是个孤独的孩子，在课堂上，在课间休息的院子里，他总在寻求与他人接近，要么就与人拉大距离。佩尔森尼克无论在劳动中，抑或后来在军中服役都被安排干个体岗位活儿——当工具间管理员，后在米乌斯前线被推到前沿当炮兵观察员，但后来在雷根斯堡附近的美军战俘集中营中待了半年，就得不到这种“赏赐”了。有人将他从拥挤不堪的集体中放出来，在菲斯滕费尔德机场给他安排了一个孤独，但因食物配给多而受人追捧的轻松岗位——他得用一根带钉子的棍子将草地上的纸张扎起来——最不起眼的女人也不会勾引他阿诺·佩尔森尼克订婚和结婚；另一种职业选择——在城郊一家影院当放映员——这种孤寂强迫他去找女伴，正如他与观众分隔一样，他

---

* 手稿中的标题是“朋友”，落款为 1966 年 3 月 13 日。

① 著名缝纫用品制造商。

与引导观众找座位的女士们也一样隔得远。他本是个好交际、爱倾诉、乐于接纳的人,可现在他想要、他必须要寻找一个朋友,于是就买了那根细绳。

他制备的绳子并没有十二米长。在特奥多尔-霍伊斯公园,他把绳子系在一棵槭树上,越过很少有人走过的散步道路的上方,绳子另一端他用手牵着——躲在矮树丛中——差不多能遮住帽子,也好透风,在他做完准备工作十二分钟后,只有两个在这个时段玩耍的孩子碰到绳子,其中一个就是商务职员赫尔曼·普洛埃茨的儿子,名叫波萨里诺。佩尔森尼克放下绳子,捡起孩子的帽子,并用带在身边的毛刷把帽子刷得干干净净,交还给普洛埃茨,一面同他交谈。两人于是成了朋友,一对事业卓然有成的朋友。因为佩尔森尼克与普洛埃茨公司已把古特曼公司产的丝线从市场上挤了出去。他俩成立很多分公司,还不断投资哩。

我们同城公民中的一员：嘉年华王子

在下莱茵某个小城，不是在格列温布洛希，不是在凯塞斯维特，而是在因各种原因不便直说的我的出生地城市，那位被选出的嘉年华王子，一位并非无资产的无线电商在五十年代末倒了霉运，其倒霉的方式，我们中的许多人迄今可免受其苦。报纸——也不光是当地各报——那时连续数周都有值得报道的素材，一如常情，其勤奋反倒污损了自己的巢穴。只因那幽默，我们莱茵同乡那神奇的层出不穷的幽默才确保嘉年华顺风顺水，这段时光从 11 月 11 日起到圣灰星期三①结束。

在选举王子和由他举荐的王妃霍尔滕小姐——建筑企业家约瑟夫·霍尔滕的小女儿——其间，气氛还是很快乐的，尤其是候选人波伊茨先生和自豪的父亲霍尔滕为会议没少破费，还因为当地的大啤酒厂乐于大力资助选举。波伊茨先生是“霍佩狄茨②兄弟会”成员，

---

① 四旬节首日，按习俗把圣灰撒在忏悔者头上。

② 霍佩狄茨，杜塞尔多夫狂欢节中的人物形象，其人偶在圣灰星期三拂晓按惯例被烧掉或掩埋。

该协会人数不多，战后才成立，但特别有上进心，肯定会把票投给这位无线电商人。但起决定作用的是“蓝白”营垒中人。如果说波伊茨的当选也得益于这个分量很重的传统协会的选票，但人们遗憾地猜想，该协会中还能找出一些告密者来。

有个不成文的法律，它从十九世纪初就开始实施，吊诡的是从法国占领时期照搬来这里的。此法律赋予我市历任市长以权力，给新选出的王子——用句玩笑话来说——给“他的时髦王子”配备尊严和权势的标记，即赠给他小丑用的响板，戴上小丑戴的小铃铛帽。波伊茨先生由霍尔滕小姐挽着手臂，以王子卫队、十几位散发火一般热情的姑娘和他的代理行使职权的前任王子、精美食品商拉夫拉特为前导，走上市政府那宽阔的台阶——我们市政府美观，在艺术史方面颇引人入胜，这时呈现的是一派欢欣鼓舞的喜庆场面，可熟料好景不长，一切突变为惊慌失措了。

人们不愿原谅当时的市长维尔特博士先生——一个无党派人士，因为他断然拒绝接见波伊茨先生及其扈从，也拒绝确认他及其王妃的当选任职。另一些人对他的抱怨也并非完全不当，说他让手下将这些令人不快的事件在大众中广为传扬；维尔特博士很有可能想悄无声息地促使那位受惊的王子退位。人人都承认维尔特博士是一位功勋卓著的地区性政治家，他在六十年代初未能再次当选，是啊，那时社民党人以贝格施雷特为首进入市府秉政，所谓的“王子事件”兴许是导致我们社会环境令人遗憾地倒转的一个原因，一个并非微不足道的原因。依我肤浅之见，维尔特博士不可能有别的处世态度，他常常、最近还在私下里对自己当时迫不得已的窘境感到遗憾，不厌其烦地详细证明，他只能如此行事，而不能像我们臆想的那样做。

假如我现在不得不说，波伊茨先生出于政治原因不该去参加嘉年华王子的选举，但这样说不会让我开心。我们当时自问，政治与嘉年华到底有什么关系呢？我们小城中的老年人纵然知道，在那个充斥灾难、普遍混乱的时代，波伊茨先生听了别人的劝说去领导此间的党卫军冲锋队，可是当波伊茨公开宣布做候选人参加王子选举时，却无人出来对此表示愤慨，特别在战争结束不久，盟国去纳粹化机构也只把他列为犯有“轻微罪过”的人罢了。

光是这一点也还不足以阻止王子去官场任职，他的前任拉夫拉特先生当时身为地方党卫军冲锋队的代理分队长，从 1931 年起便是党卫军冲锋队成员，他根本回想不起自己在任职这件事上遇到过什么困难，连芝麻大的困难也没遇到啊。唯一可作为波伊茨先生罪证的，据说是他在 1936 年任冲锋队领导人时贪污钱款，借助这些资金，几位经过遴选、对体育热衷的冲锋队人员，其中包括波伊茨先生的弟弟克劳斯，才得以成行去参加奥运会，并在柏林盘桓十四天之久。

至于 1934 年谋杀一位共产党纺织工人，波伊茨先生的大名也牵涉其中——我记得此罪行发生在上本拉特的莱茵草坪，我认为这是对波伊茨的恶毒污蔑，也受到嘉年华主席团所有成员的驳斥，但拉夫拉特先生是个例外，他那时任蓝白营垒主席团主席。维尔特博士坚定无比地同这类诽谤保持距离，此事他干得同样漂亮。这位地区政治家认为，党卫军冲锋队在现金库方面的争执和矛盾，才是唯一具有决定性作用的。

人们必须对波伊茨先生作高度评价之事还有，他没费多少口舌就将其官职拱手让给他人了。一周以后，我的同学兼风雨同舟的朋友、与他同名的温德林·科贝家具公司的拥有者，经过新的选举荣膺嘉年华王子头衔而显身扬名。那位不幸的霍尔滕王妃自然而然被具有骑士风范的科贝所接受，尽管蓝白营垒劝说他推选拉夫拉特家最年轻的小姐。

末了，我还要说，在温德林·科贝傻里傻气、疯疯癫癫的治下，余下的嘉年华时光走得颇为顺利，所有参与者无不感到欣悦。

索　菲

我再也不带这孩子去参加葬礼了。她爱笑，觉得什么都有趣、好玩儿。当送葬的人们聚集在丧礼乐队前面时，她内心就在同滑稽斗争，变得呆板起来。我发觉她在观察花圈和抬棺者的构成。当人们用小铲子往敞开的墓穴里撒了三次土，她内心先是酝酿着大笑，继而，大伙儿一说悼词，大笑就冲口而出了，不，是爆破而出。

今天，我家世交之友的年轻妻子被安葬，这位朋友对自己在公开场合表示的绝望情绪而感羞愧，可孩子大笑又败坏他的眼泪了。我用一把湿土堵住她的嘴使其安静下来，这位朋友才止住哭泣，但心中一直悻悻然。

警方无线电广播

现在我能做的，无非就是重复我在警方记录中的供述：我并非他的情人，充其量只是他的密友罢了，倘若存在这种亲密的话。我们所谓的亲密一再被人问及，其实它仅局限于职业方面。就是说，我比曼蒂小姐等人从德·格洛特教授那里学到的东西要多一些。曼蒂小姐来自卡斯勒博物馆，我是瓦拉夫-里夏尔茨博物馆的，两人被批准休假，因为我们要完成在阿姆斯特丹半年文物修复课程的学业。

德·格洛特教授是国际上颇受赞誉的权威。他的所有学生，包括说过自己有被忽视之感的曼蒂小姐都很感谢他。我只有两次在他的私人画室帮他分开画面的底色，其余时间都一起在修复大厅工作。对此，君克博士已经证明。但是，当德·格洛特教授的收音机报道附近内城发生了火灾时，他在所有学生中就只带我一人去现场，这个说法是对的。我们一起外出，这解除了我兴致勃勃所从事的工作，但也不能都让我开心。同学们可以作证，我受老师器重，他们恨我恨得牙痒痒，当然啦，他们也不能因为这事对德·格洛特教授生气呀。

众所周知，我们这位老师在埋头工作时从不间断听警方广播。

他这个怪癖,在科隆就有人给我讲过了。那里有人说:他能干,但脾气古怪。交通事故、周六群殴,甚至珠宝商店被砸被抢都不能使教授眼皮抬一下,但却能逗他说出辛辣挖苦、被我们报以微笑的评语;在我们习以为常的不断的"语言色拉"中——君克博士善于对教授做惟妙惟肖的滑稽模仿,广播报道了某处屋顶架失火,这并未中断教授那极为精细的工作。但我见他从夹克衫口袋掏出汽车钥匙,像个小伙子,晃荡着叮当作响的钥匙,问:"施默普芬小姐,跟我一起去吗?"

在将近半年中,我见过四次大火灾——两次在黑仁格拉赫,一次在老教堂附近的狄尔伦,一次在滑铁卢普莱茵——还有二十余次中火和小火,阿姆斯特丹真是火灾频发呀。德·格洛特教授镇定自若地看着火情,常常显得有些失望,但一直满怀类似科研工作的兴致与专注,一如我从他在修复大厅工作中所熟知的。这些火灾常常违背我的意愿,让我陷于不宁和激动中——这个必须承认,在警方记录中也有注明,有人希望这样做,以至于我多次无理由地怀疑,教授同我搞这种游戏是不是有某种目的。我要着重指出,这个是不能明说的。我,只有我不中用。我幼稚地毫无抵抗地把科研工作应有的原则忘光。而这时教授则彰显他那几乎是爽朗欢快的自制,堪称楷模。当大火被扑灭时,他大多保持沉默。他若讲话,总说他最心仪的画家透纳,特别爱讲这位画家 1835 年前后绘制的大火灾图景,亦即议会大火抑或罗马大火;画家是议会大火的见证人,大火赋予透纳以创作灵感。因此,也就因此,德·格洛特教授在去年 5 月怀着友好的情愫邀请我去伦敦作三日艺术之旅。这,我认为是理所当然的事情。我们从早到晚都在泰特美术馆勾留，多次不由自主地在透纳著名的草稿本里寻觅上文提及的议会大火，无时不受其深深吸引。我这会儿如果说，我的老师德·格洛特教授在这短暂，但师生二人都觉得快慰的时间里在人性化方面向我走得更近了，那我只希望这说法不要给人们的怀疑增添新的养分。最高法院一直意欲保留这种怀疑。

我不知道，德·格洛特教授在家里是否也听警方无线电广播。他毕竟很少提家里的事，在伦敦甚至根本未提。去年6月和7月初，根据他夫人的心愿，我两次在周日被邀去他家晚餐。纵然德·格洛特太太给我的印象有些怯懦，有点神神叨叨——她神态疲惫，松垮，但我从未想过，她丈夫听警方无线电广播那个怪癖、我们学生习以为常的怪癖却损坏了她的健康；因为德·格洛特教授大概整夜——我不得不如是猜想——把收音机的音量放到最大，他倒是睡安稳了，可太太则难以入眠。就是说——正如我现在才知——警方的火灾报道，也只有这报道才能把他唤醒，接下来他就强制夫人穿好衣服随他去火灾现场，但这是违背夫人意愿的。不管我对这种不顾及他人的行为如何谴责，但我又不得不着重指出，只有职业的、科学的旨趣，尤其是从事上文提及对透纳的研究才讲清了，为何德·格洛特教授会有这种非同寻常的举动。

今天我知道，我的老师亨克·德·格洛特教授无奈在自己家中殒命火海，我不得不猜想，他从收音机里听到自家房屋起火，我又一再想象，他是怎样设法从山墙向街的狭窄房舍的高处卧室自救并抢救他的手稿，大多数老城屋宇都是从底层向上燃烧的；今天，教授太太被指控犯有故意纵火杀人罪，我不能为她开脱，因为我想起她在晚膳时多次讲过前言不搭后语的话："你会在某次烧掉自己的手指……"我现在和以后都会自责，我为何没有尝试对我的老师作适度劝说和影响，尤其我是深受他信任的，即使我永远不承认是他的情人，在伦敦作三日学术之旅时也不是。

火灾发生时我不在现场，这是很明确的。是夜，我与同事曼蒂小姐看了晚场电影。

慢步华尔兹舞

当我决定，根据自己的观点并依据自己不得不积累的经验，对《晨邮报》读者少报道些所谓的舞校诉讼案，更多报道我在这次事件中被迫饰演的角色，那么就请诸位相信我，我对任何人为制造的轰动事件无不采取远离态度；而我的愿望——像面对法庭——只顾及事实而已。至于我本人，现简介如下：单身汉，三十五岁左右，商务职员，喜欢旅游和社交。我为自己的这个天性需求，亦即与人交往、寻求对话的需求，不得不付出高昂代价。关于这一点，读者将会予以认同。

去年初，我从哈伦湖桥那边过来，拉戈迪尼舞校那灯火通明的窗户让我首次觉得特别惹眼，于是伫立观看舞校学生那单调的动作。并非只我一人在观看。一对对年轻人，甚至身上挎着购物袋的家庭妇女也会驻足良久。观者经常伴随大笑或窃笑对那无音乐、显得有点滑稽的仪式评头论足。习舞者不是穿黑色针织紧身衣的“芭蕾鼠”，他们是所谓的交谊舞者，在拉戈迪尼舞校的大窗户后面学习多少有些复杂的探戈舞、维也纳慢步华尔兹舞、狐步舞，还有伦巴、摇摆舞之类的现代舞，根据几对年轻舞伴的愿望，他们也学习英国流行的扭摆舞，甚至学嬉笑闹腾的芬兰兔子舞①哩。

我必须承认，我这个马路观舞者，因为舞校学生整齐划一的动作，他们的齐心协力和忘我精神使我越来越满怀愿望，真想加入其中，当然也因为该校宽大窗户不挂窗帘的广告效应。（如今我自问，这种暴露癖的招徕方式是否应被允许，但当时我没有任何顾虑。）

我从外面心无挂碍地观察三四次后，就去造访该校，要了一张报名表格，弄清了该校商务行为很正规，甚至对舞蹈课内出事故还有保险理赔，于是我报了一门高级班课程，因为我对古典交谊舞的基础课还是很熟悉的。

拉戈迪尼女士很容易就打消了初学者和我最初的心理障碍；她面对站成松散半圆形的学生轻松地作自我介绍，对学生并不握手，三言两语很是幽默，特别推荐茨沃伊达拉克小姐做我的舞伴；同时从家用酒橱端来提神的无酒精饮料，助力扣牢这初次结交。

我除了同茨沃伊达拉克小姐，还同鲁多夫小姐及其舞伴沃尔莱因交谈。我们在家用酒橱旁，也仅仅在此——我们从未私下聚会，在舞蹈课短暂休息时闲聊，我现在回想，大多谈些无关紧要之事。休假计划倒也谈了。鲁多夫小姐谈她在爱尔兰的旅行，颇令人信服。茨沃伊达拉克小姐给我们所有人谈她在哈伦克利冬季休假时障碍滑雪带来的欢悦。她极善言辞，谈得多么和善、多么清新、多么不落俗套

① 一种来自芬兰的舞蹈，在联邦德国盛行于二十世纪六十年代中期。

啊，还历数了许多奇事异闻、可爱的嬉笑闹腾之事。但是那些指令——我后面还将谈及——在酒橱边任何时候都无人对我传达。拉戈迪尼女士当时，大多是路过时同酒橱边的我们交谈，但都保持友善的距离——这是我想强调的。

我对一切情况，包括最平庸乏味的情况，都测试过自己的记忆力，但这些指令只记得转告过我一次：3 月 13 日前夜，即 3 月 12 日夜，亦即在对慢步华尔兹，亦称英国华尔兹进行缓慢的、多次停顿的步伐训练之时。训练规定，我们必须根据拉戈迪尼女士的手势交换男女舞伴。在训练并不容易的舞步时——慢步华尔兹几乎接近古典探戈舞的难度，我直接从鲁多夫小姐那里接到指令。我于是猜想，沃尔莱因先生是这些指令的源头了，因为他每次都是先同鲁多夫小姐照做步伐训练的。至于拉戈迪尼女士，我记得她的讲话都与训练舞步——当时跳的是《拉摩纳》那首曲子——直接相关，可以将其理解为仅仅是纠正舞步。首次交换舞伴——我先同茨沃伊达拉克小姐无言而专注地跳着——将我同鲁多夫小姐弄到一起了。跳了几步后，鲁多夫小姐对我说话了，说的时候并没有改变跳慢步华尔兹所规定的、强调保持距离的姿态："今天，23 点 12 分。"人们可能猜到我会惊诧地反问，但我未得到回答。接下来的舞伴交换——赛菲特小姐——剥夺了我欲穷追不舍反问的契机。后来复制的舞步训练所产生的后果是，先同沃尔莱因跳舞的鲁多夫小姐在六次交换舞伴后觅到机会，给了我第二个指令："今天，23 点 12 分，里岑堡-布赖普特劳伊街角。待在车内。"他们大概从家用酒橱边的闲谈中得知我要开一辆王子①,这是我要再次强调的。第三个指令是重复第一和第二个指令,内容有所补充:“23 点 17 分准时将停车灯光以慢步华尔兹的速度熄灭三次,然后再走进去。”其他指令未对我传达,我此前也没有反问。个中缘由,可能是鲁多夫小姐用一种命令的口气改变了她本来的女性嗓音,使我变得哑然无语了。

22 时许,舞蹈课结束,我反问的意志重新增强起来,想从鲁多夫小姐那里获得一个解释,但没有成功。因为下课时习惯性的混乱,还有将我先同茨沃伊达拉克小姐、后同沃尔莱因先生卷入的一次谈话——我猜想这是他们有意的安排——使我失去了获得解释的机会。

从 22 点到即将 23 点这个时段,我是在白伦保德的哈伦湖畔度过的,喝了两杯啤酒。在那里我只能独自应对自己的处境了。我本来应该作出决断。我不应该浪漫地像懵懂少年那样偏离正轨,而应该向服务员要来纸和笔,详详细细证实我的怀疑。身为一个有经验的人,我的行动要与年龄适配,所以我应该叫警察来。在这个关键时刻,我当时的决断过于匆遽,没有实行以上应做之事。在白伦保德,我耳边还响着鲁多夫小姐给出的指令的余音,我真是够蠢的,还把这听成了搞一次小小风流艳遇的明确请求哩。我付了账,心中满怀期待。因为不是别的什么,而是我的好奇心和轻率导致我 3 月 12 日 23 点 12 分将王子停泊在里岑堡-布赖普特劳伊街角。我生气勃勃、聚

---

① 一种运动款汽车。

精会神犹如一个干劲十足的童子军，在那一时刻按指令以规定的速度发车灯信号。然后等二十分钟或更长时间，可是，等什么呢？

不久，我就有了足够的理由，抱恨自己以此方式卷入了一个无耻的杀人图谋。我的天真酿成我在这个复杂的机制中——我至今对它还不完全理解——被人当成一个小齿轮，我承认绝非无足轻重的小齿轮——而加以利用。即使我从这张报纸和其他报纸得悉一个特务网已准备好搞爆炸事件，是啊，即使我从各种野蛮的伴随情况中知道“23 点 17 分”这个作案时间已定，并且指令有规律地间隔三次时间引爆，但我一直还是猜不透这与我执行指令有何关系。当《晨邮报》调查研究部门揭发了谋杀案的政治背景；当匿名电话以单调的声音宣布“拉莫纳向你问候”，在同名的英国华尔兹几个节拍后就引爆；当我的记忆突然开窍，想起了在拉戈迪尼舞校家用酒橱边的闲谈，参加者有沃尔莱因、茨沃伊达拉克，还有鲁多夫小姐，他们的言论对施普林格出版社以及对他们计划中的打击对象颇为不屑；当我明白，一个极端激进的，也许是共产主义的特务组织把我当成他们打击民主和言论自由的盲目棋子：我于是向警方报案，作证词。

兔子与刺猬

伦施不想再参加赛跑比赛了。尽管服了药粉，但他看不到目标。他很无趣，把短距离赛跑的各种梦想凑成一堆，纵然起跑很棒，但总得第二名。伦施向前挤。伦施拉扯着领带。伦施学了好多笑话以应付各种场面。笑话的噱头还未出口他就先笑了。伦施要对自己好一点，于是决定去旅游。他认为老宅在自己家里不好，比如周二这个唯一拥有自由的晚上，瞌睡魔将全家聚集在电视荧光屏前，这情况该结束了。但也要顾及生意方面的事儿。于是他订机票、收拾行李，行李带了很多，多于必需，他迟到了，在报摊边，当他的名字在大厅里被呼唤，声音传得很高远，他有点儿害怕了。但“最后一次呼唤……”又使他开心，接下来他就不再抽烟，系好安全带，还一面咯咯地笑着，不管怎样，飞机离开滑行道之前，他已经到场了，到场的还有那超重的行李箱。

他订了法兰克福一家宾馆带浴室的房间，位于两个博览会之间，这个抉择真是高明。他把自己突然想起的事情，包括想起埃瓦尔德·诺尔迪欣写在记事本上；因为伦施记下的个人私事，他在去宾馆的路上一件件全都扔到美因河里了。晚饭后他才喜欢上这间房——诺尔迪欣晚餐时胃口大开，细嚼慢咽地享用牛脯配辣根，也没忘带他的避孕药。伦施总算这回得了第一：我到这儿了，我第一个到。快速实施他长久考虑过的行动。因为许多事情失败于准备工作，所以他不写告别信，一切，一切的一切，撞线总是只差一头之长而功败垂成，他都讲过了。我不愿重复自己，而今已存在一个点，从这一点开始……

当浴缸里的水上升，射击轻武器又引诱了他一回，但请他延迟发射。诺尔迪欣取笑伦施，向他列举其尝试性作为：基尔帆船周，身边的帆船倾覆，他必须证明自己的救生员身份；电流冲击的试验因为短路而失败，短路因孩子们玩火车游戏造成；冲进猛兽棚，可西伯利亚虎已被喂食。伦施服软了，给射击轻武器上了枪栓。诺尔迪欣成了趾高气扬的胜利者，他不朝自己身后看，但他身后的男人一面抽出剃须刀一面吹着无调门的口哨，这是他二十七年来保持的老式刮脸习惯，这个男人曾经名叫伦施。

他为何脱衣之后刷牙呢？他为何在室内电话铃响两声时就把电话摘下呢？他为何没有断然挂断电话以回应那句“我已到了，诺尔迪欣，老家伙！”他为何说“晚上好”，而不说“你打错了”？他为何替诺尔迪欣接受邀请，与诺尔迪欣的同事——他已到那儿了，想给他讲新的笑话——恰好在火车总站附近一个酒吧见面呢？——“回头见，老家伙！”

我承认水缸水满了，洗了个热水澡。这话很对：我仔细穿上衣服，费劲地打上领带，正如我所愿，回想起两个新笑话，但在浴后不刮脸，让脸粗粗糙糙的，——这回不当兔子！——在凯塞尔大街找到了那个酒吧，我以前的熟人已在那儿了，与他聚晤。我们交流着回忆，在真正好笑之处大笑，喝酒喝到清晨方罢。法兰克福市以其夜生活著称于世。

列土尼希先生

您的看法有误:怪人并未死绝。比如我的税务顾问——此人不是应该尽保密义务的会计师,他研究他所从事的职业就像研究一项可以获利的业余爱好似的——给我讲了他的一位同事的故事,该同事善于从经常出差的建筑师那模棱两可的附加手续费结算中,或者从开业医生那存在争议的营业额税款中培育出他的怪癖。这位同事名叫列土尼希,他用存款买了一个产自日本的盖格牌计数器,用这个工具完成购物。在出售殖民地农副产品的商店、自助商店、每周集市和百货商店的食品部,都有黄油、水果、蔬菜、肉类和香肠,不言而喻还有鱼类出售,列土尼希先生在决定买什么之前,都要让这个轻便的工具作出灵敏的反应。它的体积小于晶体管收音机,但具有类似的功能美。

这会儿您说了:这种谨慎完全可以理解呀,也很得当呀。您称赞列土尼希,在公众场合称他的行为"值得效仿"。因为我想证明,这种怪癖几近怪诞不经,所以您刚才重复您的论点:怪人死绝了。我承认,列土尼希先生在买食品,尤其在买鱼时,他的古怪可能还有几分道理，可是，一旦他有急事要乘出租车、一旦他要支付硬币和纸币、一旦他想在公园板凳上坐一坐，他都要向计数器请教，那您将如何评价这样一位先生，这位四十五岁上下、两鬓染霜的先生呢？还是没有怪人吗？一个特立独行者，理性，只有理性才是给他出点子的主吗？这次泄密，过错在我，那我也只好冒冒风险了，请您注意：

列土尼希先生是单身汉，而且没准儿会一直“单”下去。因为他最近一次联姻尝试泡了汤，后续成家的一切努力没准儿也会泡汤。败因就是盖格牌计数器了。这不，那位妙龄女子——还是汉堡姑娘哩——最近怀着最佳意图请他去她那里喝茶，可他拿着计数器硬是把还是他的未婚妻，把她的套房、厨房、浴室和——我们可以放心地说出——睡椅——统统测算了一遍。您瞧瞧！那儿！在那边：我们的怪人在莱纳韦伯①与碧尔嘉廉价百货商店②之间游荡。他带着他的计数器就像牵着一条狗在散步呀。

① 可能指 1888 年在柏林成立的莱纳韦伯出租车公司。

② 1952 年在柏林创建的连锁商店。

四 十 年

女性设计

受变化无常的动力推动,我已在四周转悠过了。我带着我的嗅觉直面山岭,让我在山谷中,在平缓的丘壑间消遣散心。但我向你担保,作为女厨师我还是愿意留在平原上的。

餐盘堆得齐天高。

或被舔得锃亮:

为饥肠辘辘者、为那些

从不违和的设计而准备的场地多的是。

两个眼球已从边缘到边缘骨碌碌地转动着。我把你的身子平放在河流滩地,或者放到我最近才拥有椅子、桌子和床的地方去,途经石荷州的维尔斯特马施城。我们说定:你慵懒地侧躺在克塞马克①与费舍尔巴布克②之间。

这可是一块硕大无比的肥肉呀,它那带着半醒目光的头部枕在酸樱桃堤岸上;要么你躺在这儿,躺在布洛克多夫与荷勒维特恩之

① 但泽地名,位于维斯瓦河西岸。

② 今名雷比纳(Rybina),位于维斯瓦河东。

间，在他们尚未在易北河畔修建那笨重的核电厂之时。

我的设计位于平原上，

背后总有那条河想要注入。

它那妇人的尺度。

妇人的腰肢，走的弯路。

我指的是母腹。

母乳哺育谁的天穹。

或安卧于云堆。

我内心的厨娘在寻找场地。

你的周围——被零散栖居，被错误设计——满是衣领尺寸很小的男侏儒。从你处越过平原的是叉开双腿的高压电线杆：那嗡嗡作响的电力……

在你头顶，喷气式发动机推动的飞行军演总是在做倾斜飞行，总在演习严峻危险的情况。

你横着躺下休息。

从所有的时代跌落。

这里还存在沼泽和北海浅滩。

你那四处漫游的影子啊：历史。

那些绕开你的公路网，

那些笼罩你的遮光物。

男人跳跃丈量出的短距离啊。

成就在寻找你目光中那赞佩的表情。

可按照你的速度，你翻身到另一侧；我们把这称为运动。一个屁从你屁股放出，我们又重新希望。

我这会儿想进去，让我进去吧。让我完全进入：我想储入我的理智。

我想拥有温暖，放弃逃亡。

你的统治已经开始了。

鳗鱼与鼠尾草

化学把它们从此地赶走了。废水将其鲜亮的腹部、背鳍和尾鳍染成了红色,破坏了对其起保护作用的黏液。易北河两侧的捕鱼笼只存在于记忆中了。我们花高价从仍旧友好的水域中购买:来自苏格兰冰冷水域的鳗鱼又重新在此地露脸,而且游动得十分泼刺。

我了解历史。

他们将我分叉,拍打我后背,

将我到处吊挂。

我滑到母牛的乳房下。

我内心的厨娘说,为何不能让孩子们边看边学学,你怎样把鳗鱼切成拇指长一段一段?用醋将其腌渍,裹上面粉,把它们同鼠尾草叶放在一起。昨日,老沙赫(用唾沫和磨刀石)把菜刀磨锋利了。

买那条活鳗鱼。不,孩子们,它本来已死。只是每段中还有神经。头部那一段还在使劲汲取。(1522 年耶稣受难日,据说厨娘碧吉塔身为女修道院院长为城市贵族费贝尔及其宾客——全是天主教徒,全都反时代——在费贝尔教区主席团驻地迪尔绍宰杀了一百零七条维斯瓦河鳗鱼。)

过去鼠尾草灌木植根于河流入海口附近的一个花园,现在那儿在修一道带闸门室的拦河坝和一座铰链式开合大桥,将河流改道。

我们将鳗鱼段放入热油中煎炸,加盐少许。它们在锅里还惊悚地蜷缩着。现在鼠尾草在我们花园里扎了根。老沙赫,过去是辅助迁葬工作的私家屠户,现在每周六还在为乡间屠户宰杀鳗鱼。他用猪血为鼠尾草灌木施肥,胸前画十字,喃喃自语着近海低地土话。

鳗鱼段用小火在鼠尾草香叶中煎烤得又香又脆。前餐乃一道易消化的菜:芥末汁卧鸡蛋。但愿鼠尾草灌木经受住严冬的考验。

在鳗鱼头后部切十字花刀,据说可阻断其神经。

我们不剥鳗鱼皮。

此外我建议(我内心的女厨建议),在去内脏时别弄坏鳗胆,否则味苦。

劳拉曾用窄胶片摄影机拍摄一条鳗鱼挣脱抓手拼命躲进草丛。

孩子们现在知道了,他们吃的是何物。

猪 肉 冻

有时,她很晚还去仍旧营业的总火车站饭店吃化学猪肉冻。她不想再当厨师,不想如几百年以来那样尝味和考虑最后的调味品。她不想再撩拨食客的称赞和比较。她不想再奉承任何人的口味。对小孩们(一批批新生的、从衣衫里蹿个儿的小孩们),她也不想再强迫他们吃绿菠菜。她要惩罚他们的口味,同他们保持距离,正如她蹲在我内心抛弃历史和一系列烹调法:把胡椒塞进兔肉中,把栗子果肉塞进鸭肚,将裹上鸡蛋与面包屑糊的鲤鱼置于褐啤中,羊腿里塞满大蒜。她对猪肉冻及其化学的鲜度表示抱歉。

她身着过于狭窄的大衣,坐在那儿一块一块地切细。广播在播报晚点列车(莱茵方言、黑森方言、施瓦本方言)。她向服务员招手,那服务员就慢慢腾腾——似乎想把本世纪拖延过去——穿过空空荡荡的一张张餐桌若隐若现,终于(那就是我呀)来啦。第二份猪肉冻不配土豆沙拉、面包和啤酒。她切着叉着,咽到肚里,仿佛有个洞必须填满似的,仿佛有某人必须灭掉似的,此人伪装成很晚还营业的极富善意的火车总站饭店的猪肉冻。

我吃不准是否要为阿格纳斯或蕾纳服务。(我只立马惊异地认出索菲和多洛特娅。)①我送上第三和第四份猪肉冻——反正不缺货,在空空荡荡、污渍斑斑的一张张餐桌中绕来绕去,好让她们除我之外完全享受时光,让她们一而再、再而三地瞧我绕弯路而来。

在我们打烊前——因为火车总站各饭店也必须在某时打烊,她想把第六份什么都不加的猪肉冻打包带走(用纸袋)——去哪里呢?当她走了,窄窄的大衣消失在旋转门里,我每次都要自问,她为何不给我小费呢?也可能是她尊重我吧。尽管这一切发生了,以后还会发生什么呢?

---

① 阿格纳斯、蕾纳、索菲、多洛特娅,格拉斯小说《比目鱼》中的四个人物。

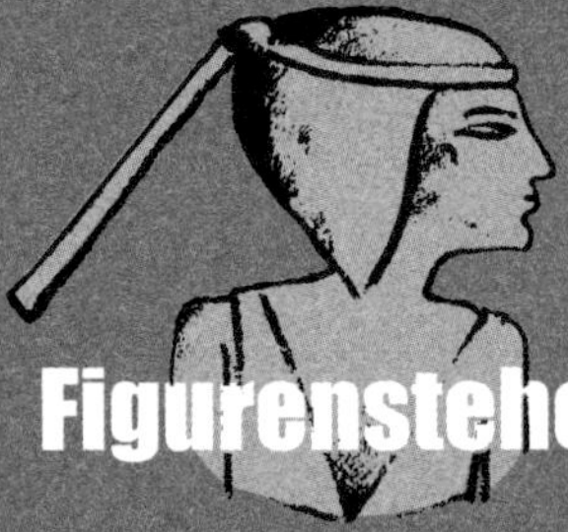

Figurenstehen